지구경영,
홍익에서
답을 찾다

지구경영, 홍익에서 답을 찾다

초판 1쇄 발행 2016년(단기 4349년) 3월 11일
초판 3쇄 발행 2016년(단기 4349년) 5월 3일

지은이 · 이승헌, 임마누엘 페스트라이쉬
펴낸이 · 심정숙
펴낸곳 · (주)한문화멀티미디어
등록 · 1990. 11. 28. 제 21-209호
주소 · 서울시 강남구 봉은사로 317 논현빌딩 6층 (06103)
전화 · 영업부 2016-3500 편집부 2016-3526 팩스 2016-3541
http://www.hanmunhwa.com

편집 · 이다향 강정화 최연실 진정근
디자인 제작 · 이정희 목수정
마케팅 · 강윤정 권은주 | 홍보 · 박진양 조애리
영업 · 윤정호 조동희 | 물류 · 박경수

만든 사람들
기획총괄 · 고훈경 | 책임편집 · 이다향 | 디자인 · 이정희 | 사진 · 박여선

ⓒ 이승헌 · 임마누엘 페스트라이쉬, 2016
ISBN 978-89-5699-286-0 03810

세계적인 뇌교육자 이승헌 총장과
하버드대 박사 임마누엘 페스트라이쉬 교수의 대담
한국의 정신에서 미래의 답을 찾다!

지구경영,
홍익에서
답을 찾다

일지 이승헌 · 임마누엘 페스트라이쉬(이만열) 지음

한문화

다 음 세 대 를 위 해
지 금 우 리 가 해 야 할 일

요즘 언론보도를 보면 새로운 냉전시대가 오는 게 아닐까 싶을 정도로 긴장을 고조시키는 뉴스들이 많습니다. 경제는 내리막 길이고 정치는 혼란스럽고 계층간 양극화는 갈수록 심해지고 있습니다. 게다가 북한은 4차 핵실험에 이어 미사일까지 발사해 남북관계를 안보위협 상황으로 몰아가고 있습니다. 북한 도발에 대비한다는 명목으로 동북아시아는 군비확장 경쟁이 심해지고 있으며, 영토를 둘러싼 국가간의 이해관계도 더욱 첨예해지고 있습니다.

그런데 이것보다 더 심각한 것이 있습니다. 그것은 바로 무모한 삼림 벌목과 토양의 오용, 무책임한 농사관행의 결과로 생겨

나고 있는 북한의 사막화입니다. 사막화로 인한 환경 참사는 잠재적으로 더욱 커다란 재앙을 가져올 수 있으며 핵전쟁에 버금가는 파괴적인 결과를 초래할 수 있습니다. 하지만 우리는 거기에 대비해 전략적인 계획을 세우지 못하고 있습니다. 이대로 사막화가 가속화된다면 생태학적인 참사는 아마도 남한과 동북아지역 전체에 돌이킬 수 없는 영향을 끼칠 것이 틀림없습니다.

지구촌 곳곳에서 일어나는 자연재해와 기후변화, 환경의 위협을 생각하면 우리는 그 어느 시대보다 훨씬 암울한, 아마도 전 인류사 속에서 가장 위험한 순간을 대면하고 있는지도 모릅니다. 그런데도 가장 많은 교육을 받고, 가장 이 일과 연관되어 있는 집단에서는 아무런 행동의 조짐이 없다는 것이 정말 가슴 아픕니다. 저는 학자로서 이러한 부분에 많은 문제의식을 느끼고 있습니다. 어떨 땐 학교에서 편안하게 학생들을 가르치며 연구나 논문에 몰두하기가 불편할 때가 있습니다. 또 아무것도 안 하고 이대로 있어서는 안 된다는 경각심에 이런저런 생각을 펼치다 쉽게 잠을 이루지 못할 때도 많습니다.

저의 이런 고민은 이승헌 총장님을 만나면서 좀더 선명하게 정리되었습니다. 그리고 그 고민은 이 대담 속에도 녹아 있습니

다. 총장님과 저는 자란 환경도, 문제를 풀어가는 방식도, 생활
양식도 다르지만 대화를 나눌수록 기본적인 생각에 일치하는
부분이 많다는 것을 느낄 수 있었습니다.

일각에서는 총장님과 어떻게 만났는지 궁금해하는 분들이
많은데, 저는 명상에 관심이 많아서 오래 전에 단학수련을 한
적이 있습니다. 그때 총장님을 알게 되었습니다. 또 총장님은
저의 책《한국인만 모르는 다른 대한민국》을 읽고 저를 눈여
겨보신 것 같습니다.

지난해 박근혜 대통령이 여름휴가 때 이 책을 읽었다고 언
론에 보도 되면서 뜨거운 관심을 받았는데, 2년 전에 책이 출
간될 당시에는 총장님 외에 크게 반응을 보이는 이가 없었습니
다. 총장님은 한국인들이 관심조차 갖지 않는 홍익인간 사상을,
파란 눈의 외국인이, 그것도 하버드대 박사가 언급하고 지지한
다며 무척 반가워하셨습니다. 그때 총장님과의 인연으로 이렇
게 영광스럽게 책도 함께 펴내게 되었습니다.

제가 오랫동안 고전문학과 역사학을 통해 한국의 미래 버전
으로 '홍익인간 사상'의 가치를 발견했다면, 총장님은 그 사상
으로 지난 35년간 전세계 수천 명의 사람들에게 몸과 마음, 의

식을 깨우며 기적 같은 일들을 해오셨습니다. 그 위대한 한국의 정신적 전통이 얼마나 많은 기적을 일으켰는지 총장님을 통해 가까이서 볼 수 있다는 것이 저에게는 또 하나의 희망이기도 합니다.

저에게 한국은 매우 중요한 나라로 특히 애정이 가는 나라입니다. 한국인 아내와 두 명의 자녀를 두고 살고 있으니 이제는 한국과 떼려야 뗄 수 없는 깊은 운명이 되었습니다. 또 한국은 저의 현재와 미래의 삶에서 매우 중요한 곳이기도 합니다.

한국을 알게 된 것은 주미한국대사관 문화원 홍보이사로서 한국문화의 해외홍보 업무를 맡으면서부터였습니다. 그때 한국문화의 영향력과 잠재력이 얼마나 대단한지를 처음으로 실감했습니다. 한국은 식민주의 혹은 제국주의 정책을 쓴 역사 없이도 가난에서 벗어나 괄목할 만한 성장을 이루었기 때문에 국제사회에서 높은 위상을 지니고 있습니다. 뿐만 아니라 한국의 젊은이들은 호소력 있는, 활력 넘치는 문화적 힘도 지니고 있습니다.

그런데 많은 한국인이 대한민국이 국제사회에서 중요한 역할을 하고 있거나 할 수 있다는 사실을 모르고 있습니다. 한국의 전통문화는 많은 나라에서 광범위하게 영향을 끼치고 있습니다. 특히 젊은 세대에게 많은 영감을 줍니다. 한국의 화장품이나 패션, 음악과 노래, 춤과 영화는 전세계적으로 공감을 불러일으키고 있습니다. 또 한국은 다양한 형태의 기술분야에서 선도적인 역할을 하고 있습니다. 이것은 앞으로 한국의 젊은이들이 국제사회에서 책임감이나 사명감에 대해 깊이 인식할 수 있어야 한다는 뜻이기도 합니다.

한국 젊은이들의 행동 하나하나는 국제사회에서 하나의 선례가 되고 그것은 극단적으로 부정적이거나 혹은 긍정적인 영향을 줄 수 있습니다. 예를 들어, 한국의 젊은이들이 공정한 사회를 창조하고 환경을 보호하는 데 헌신하는 사려 깊고 멋지고 똑 부러진 사람이라는 인상을 줄 수 있다면 전세계 수억 명이 그것을 따라 할 것이고 자신들이 속한 사회를 발전시키기 위해 노력하게 될 것입니다.

그 반대로 한국인들이 물질만능주의적인 삶을 추구함으로써 고급상품을 구매하고 식당에서 지나치게 많은 음식을 주문해놓고 다 먹지도 않은 채 버리고 나온다면, 또 그런 식의 상품 소비나 자연 훼손을 멋이라고 생각한다면 그 대가는 전 지구적 문제가 될 것입니다.

이 책에는 모든 한국인들이 자국의 문화가 전세계적으로 지대한 영향력을 지녔음을 이해하고 지속 가능한 새로운 문명을 일궈내는 데 함께하기를 바라는 마음을 담았습니다. 문화는 기본적으로 즐기는 것이지만 동시에 윤리적이고 유익한 것이기도 합니다. 현재 전 지구적으로 진행중인 환경의 파괴 그리고 가족과 공동체의 심각한 해체 현상은, 인간성을 회복시키고 지속 가능한 새로운 문명을 창출해내는 견인차로서 한국 전통문화의 중요성을 더욱 부각시키고 있습니다.

가족에 대한 사랑, 다른 사람에 대한 배려, 더욱 인간적이고 사려 깊은 기술의 권장, 홍익인간 사상에 뿌리를 둔 선비정신 같은 인본주의적 전통은 한국만의 것이 아니라 미래의 세계 문화유산으로서의 가치가 있습니다. 저는 한국의 전통문화가 지닌 현재적 의미를 잘 그려서 젊은이들이 그 힘을 이해할 수 있도록 도울 것입니다. 우리가 해야 할 일은 과거로부터 단지 살아남는 것이 아니라, 다음 세대를 위해 과거를 재해석하는 일이기 때문입니다.

세상을 변화시키는 힘은 거대한 기업이나 국가, 사회단체를 통해 이루어지는 것이 아닙니다. 비록 작은 목소리지만 그 목소리가 진실되고 마음을 울린다면 사회를 변화시키는 큰 힘이 될 수 있습니다. 위대한 인류학자인 마가렛 미드는 이렇게 말합니다.

"세상을 변화시키기 위해 모인 사람이 단 몇 명밖에 없다고 하더라도 그 힘을 과소평가하지 말라. 지금까지 세상은 그런 사람들에 의해 변화되어 왔다."

진정으로 우리에게 중요한 무엇인가를 하고자 한다면, 그리고 그것을 자신의 주변, 도시, 국가, 나아가 전세계에 확산시키고자 서로 힘을 모은다면, 그 사람들의 목소리는 결코 작지 않을 것입니다.

이 책을 통해서 보다 많은 이들이 일상적으로 행하는 행동 하나 하나가, 우리가 살아가는 세계의 변화와 관련된다는 것을 이해하고, 검소하고 겸허한 태도를 유지하며 도덕적 이상인 인격완성을 실천하는 '지구시민'이 될 수 있기를 희망합니다.

2016년 2월 임마누엘 페스트라이쉬

지구 환경을 바꾸는 작은 실천

'지구시민'으로 살기

희망의 교육

한국의
홍익정신과
지구의
미래

자본주의가 만들어둔 성공 중심의 가치관으로는
환경 문제를 해결할 수 없어요.
성공보다 더 높은 가치, '완성'을 위한 삶을 살아갈 때
근본적인 변화가 일어날 거라고 봅니다.

'성공'에서 '완성'으로

지구의 미래를 위해
가장 먼저 할 일

사회　　오늘 대담 주제가 '한국의 홍익정신과 지구의 미래' 입니다. '지구의 미래'라는 주제가 좀 거창하기는 합니다만, 두 분이라면 큰 무리는 아니라고 봅니다. 각기 다른 영역에서 이미 글로벌한 활동을 하고 계시고, 특히 한국의 홍익정신에 대한 가 치와 중요성에 대해서는 서로 많은 공감대가 있으신 걸로 알고 있습니다. 과연 한국의 홍익정신이 지구와 인류의 미래에 어떤 도움을 줄 수 있을지 대담을 통해 차차 풀어보기로 하고요. 먼저 총장님께 질문을 드리겠습니다. 지속 가능한 지구의 미래를 위해서 무엇이 가장 중요하다고 생각하십니까?

이승헌 　　지구의 미래를 생각하면 아마 많은 분들이 환경 문제를 먼저 떠올릴 거라고 봅니다. 우리가 사는 집이 오염되면 그 안에서 살아가는 사람도 건강할 수 없습니다. 이제 환경 문제는 아름다운 풍광을 감상하기 위한 차원이 아니라 우리의 생존과 직결된 절실한 문제로 인식해야 합니다. 물질문명이 가져온 폐해랄까요. 무분별한 소비로 멀쩡한 물건들이 쓰레기로 버려지고, 또 한쪽에서 그것을 처리하느라 골머리를 썩힙니다.

　정신이 과학과 물질의 발달 속도를 못 따라가다 보니 지금처럼 환경도 망가지고 사람도 망가지는 딱한 지경이 됐어요. 사실 인간은 지구로부터 가장 많은 혜택을 받은 존재예요. 그런데도 지구 환경에는 별 도움을 주지 못했죠. 어떤 면에서는 인간이 지구의 오염원이라고도 볼 수 있어요. 우리는 여기에 대한 책임을 벗어날 수 없습니다. 사람이 오염원이니까 결국 사람이 바뀌어야 합니다.

사회　　　네. 그런데 사람이 바뀌는 게 제일 어려운 일 같아요. 지구가 버틸 수 있는 시간은 점점 짧아지고 있다는데 인간이 지구의 오염원이 안 되려면 어떻게 해야 할까요?

이승헌　　　삶에 대한 목적이 바뀌어야 합니다. 목적에 따라서 모든 행동이 나오거든요. 현재 교육은 공부 열심히 해서 좋은 대학 가서 좋은 직장 구하고 돈 많이 벌어서 남들보다 더 많이 소유하고 더 많이 소비하는 게 행복이라고 주입시키고 있습니다. 성공의 3대 상징이 있다면 돈, 명예, 권력 이런 거 아니겠어요?

　자본주의가 만들어둔 이런 성공 중심의 가치관으로는 끊임없이 스트레스를 생산할 수밖에 없고 환경 문제도 해결할 수 없습니다. 돈, 명예, 권력도 필요하지만 그보다 먼저 인격에 대한 것, 이기적인 것보다 공적인 것, 전체를 위하는 정신이 필요해요. 바로 홍익정신이죠. 많은 사람들이 홍익정신을 가지고 물질적인 성공보다는 더 높은 차원의 가치, 즉 '인격완성'을 위한 삶을 살아갈 때 근본적인 변화가 일어날 거라고 봅니다.

환경 문제에 대한
올바른 접근

임마누엘 페스트라이쉬　　맞아요. 홍익정신이 가장 중요해요. 환경 문제라고 하면 많은 사람들이 외부적인 환경만 생각해요. 공해나 태양광 패널 그런 것부터 떠올리죠. 하지만 환경 문제는 바깥에 있는 게 아니라 우리 안에 있어요. 눈에 보이지 않지만 사람들의 의식 속에 있죠. 지난 200년 동안 서양에서 시작된 산업화의 영향으로 우리 주변의 모든 물건은 상품화되었고, 소비하는 대상이 되었어요. 총장님 말씀처럼 권력과 돈, 성공을 위해서 자연을 마구 파헤쳤죠. 사람들은 자연을 개발해야 하는 대상으로만 바라봤어요.

　하지만 원래 한국의 전통은 그렇지 않았어요. 지금처럼 인간과 자연을 분리하지 않았죠. 집을 지을 때도 항상 자기 마을 주변의 산, 흐르는 물, 구름, 바람 등 자연과의 호흡을 먼저 생각하고 100년, 200년, 500년 후에도 살 수 있는 집을 설계했어요. 한국의 풍수지리에서는 인간과 자연 환경의 조화를 중시했고 어떻게 이 두 가지가 공존할 수 있는지, 어떻게 인간의 활동이 자연의 순환과 흐름에 적절하게 어우러질 수 있는지를 늘 염두에 뒀어요. 환경문제도 바로 이런 한국의 전통에서 더 많은 것을 배울 수 있어요.

이승헌　　그렇습니다. 동양에서는 오래 전부터 하늘과 땅을 살아있는 부모라고 생각했어요. '천지부모'라고 하죠. 우리를 낳고, 키워주고, 또 우리가 돌아가야 할 마지막 귀착지로 본 거예요. 그러니 천지에 해가 되는 일은 하지 않았어요. 할 수가 없죠. 천지에 해가 되면 자신에게도 해가 되니까. 이게 동양의 전통적인 자연관입니다. 땅을 어머니로 본 인디언들의 자연관과도 다르지 않아요.

한국의 건국이념인 '홍익인간 이화세계弘益人間 理化世界'도 인간과 자연이 아주 조화롭게 균형을 이룬 이상적인 세계를 말합니다. 사실 이 지구 속에 모든 생명체가 다 포함되어 있기 때문에 지구와 나를 하나로 연결해서 생각하는 것은 너무나 당연한데 인간의 어떤 욕망, 성공이라는 것 때문에 자연을 정복하고 지배해야 하는 대상으로 생각이 변질됐어요. 더 늦기 전에 자연과 인간이 함께 살 길을 찾아야 합니다.

임마누엘 페스트라이쉬　　　네. 홍익인간 사상을 가지고 좀더 건전한 방향으로 사람들의 사고방식을 변화시킬 수 있다면 현재 인류와 지구에 좀더 희망이 있지 않을까 생각합니다. 요즘은 한국뿐만 아니라 미국도 다 따로따로 고립된 섬처럼 혼자 사는 경향이 강해요. 공동체 의식도 사라지고 경쟁은 더 심해지고 있어요. 심지어 형제끼리도 경쟁하고 부부끼리도 경쟁하죠. 또 테크놀로지의 발전이 기하급수적으로 빨라지고 있어요. 기계를 중심으로 인간이 거기에 종속되는 게 아닌가 어떨 땐 상당히 무섭기도 하고 슬프기도 합니다.

이승헌　　　성공을 추구하면 그렇게 될 수밖에 없습니다. 같은 형제끼리, 부부끼리도 성공하겠다고 달려들면 경쟁하게 되고 경쟁하게 되면 균형이 깨집니다. 성공하고자 하는 사람은 남을 지배해야 기분이 좋지 지배당하면 기분이 무지 나쁘거든요. 그렇다면 다같이 기분이 좋아질 수 있는 방법은 없을까요? 나는 성공에 집중하는 마음을 완성으로 옮길 수 있다면, 그 중심가치만 바꿀 수 있다면 모든 게 바뀔 수 있다고 봅니다. 사실 성공보다 완성이라는 가치가 훨씬 더 크고 높아요. 성공만 추구하다 보면 몸과 마음도, 인간과 자연도, 인간과 인간 사이의 조화와 균형도 모두 깨지고 말지만 완성이라는 가치를 도입하면 이 모든 문제가 아주 쉽게 풀려요.

애벌레가
나비가 되는 과정

사회   성공과 완성이 구체적으로 어떤 차이가 있나요?

이승헌   성공을 추구하는 삶은 세상이 바라는 기준대로 자격과 능력을 갖추는 것이고, 완성을 추구하는 삶은 내가 추구하는 철학과 가치가 기준이 됩니다. 세상의 성공이 이기심과 경쟁심을 부추긴다면 완성은 공존과 화합을 추구합니다. 성공이라는 발판을 딛고 어느 지점까지 올라간 뒤에는 완성을 추구해야 합니다. 아이가 어른이 될 때까지는 몸집을 키우기 위해 충분히 음식을 먹어야 하지만 어른이 되고 나면 필요한 만큼만, 소량만 섭취해도 돼요. 나머진 정신을 키워야죠.

사회　　　먹을 만큼 먹었는데도 계속 과식을 한다면 탈이 나거나 비만이 되거나 하겠죠?

이승헌　　물론입니다. 지금까지 우리는 몸집만 불려왔어요. 육체와 물질에 중심을 둔 외형적인 성장만을 추구했죠. 성공은 더 넓은 땅, 더 많은 돈, 더 강한 힘을 목표로 하기 때문에 항상 비교와 경쟁, 승패가 따릅니다. 나누면 몫이 작아지기 때문에 더 많이 차지하기 위한 경쟁과 배분을 둘러싼 갈등이 끊이지 않아요. 지금처럼 더, 더, 더 하면서 숨을 계속 들이마시기만 한다면 결국 모두가 공멸하고 말아요. 이제는 들이마시던 숨을 잠시 멈추고 천천히 내쉬는 연습을 해야 합니다.

　사람이 이기심으로만 산다면 뽕잎만 계속 먹다가 나비가 되지 못하고 배가 터져 죽는 애벌레와 다를 것이 없습니다. 모든 애벌레가 나비가 되는 게 아니에요. 나비가 되기 위해서는 애벌레 때부터 나비가 될 수 있다는 확신을 갖고 뽕잎을 먹고, 어느 순간에는 뽕잎 먹는 것을 멈추고 고치를 만들어 나비가 되는 수련을 해야 합니다.

사회   갑자기 명상을 할 때 생각이 납니다. '가만히 눈을 감고 자기의 호흡을 지켜보라'고 하잖아요. 가끔은 그렇게 호흡을 가다듬으면서 성찰하는 시간이 필요한 것 같습니다.

이승헌   그렇습니다. 우리는 성찰을 통해서 변화할 수 있습니다. 먹고 살 만한데도 여전히 행복하지 않다면 '왜 그럴까?' 스스로에게 물어보아야 합니다. 이건 정말 중요한 질문입니다. 이런 질문을 던지고 스스로 깊게 들여다보면 우리가 정말 행복하고 평화로워지기 위해서는 내 주위에 있는 사람들과 좋은 관계를 맺어야 한다는 것을 알 수 있습니다.

혼자가 아니라 함께, 주변 사람들과의 조화로운 관계 속에 있을 때 우리는 행복해질 수 있고 당면한 문제도 더 잘 해결할 수 있습니다. 인류가 운명공동체라는 사실을 자각하면서 삶의 목적을 완성에 두고 경쟁 위주의 사고 방식에서 벗어나 함께 돕고 협력하는 상생의 문화를 만들어갈 수 있다면 인류의 미래는 희망이 있습니다.

좋은 사람이
좋은 환경을 만든다

사회　　그런데 경쟁하는 습관이 잘 바뀌진 않을 것 같아요. 기왕이면 내면의 성장이나 인격완성을 위해 서로 경쟁하게 하면 좋을 텐데요.

이승헌　　경쟁의 대상이 그런 거면 무한경쟁이 일어났으면 좋겠습니다. (웃음) 작은 단위에서는 경쟁이 주는 순기능도 있어요. 사람을 더 근면하고 부지런하게 만들어주죠. 무엇이든 어떤 목적으로 쓰느냐가 중요합니다. 삶의 목적을 '완성'에 둔다는 것은 개인적인 이익보다는 전체에 도움을 주는 것, 전체 환경을 의식하고 사는 것을 말합니다.

　　우리말에 '좋다' '나쁘다'라는 말이 있어요. '좋다'는 말에는 '조화롭다'는 뜻이 담겨 있죠. 서로 어긋나지 않고 잘 어울리는 사람을 '좋은 사람'이라고 합니다. 반대로 '나쁘다'는 말은 '나뿐'인 상태를 말해요. 언제나 자기입장, 자신의 이익만 생각하는 이기적인 사람을 '나쁜 사람'이라고 합니다.

좋은 사람 되는 게 어려운 게 아닌데 우리 사회가 그동안 너무 성공 위주의 교육으로 몰아가서 학생들에게 경쟁심과 이기심만 부추겼어요. 그러다 보니 사람한테 제일 소중한 '생명'과 '인성'은 집어 던지고 돈, 명예, 권력을 움켜쥔 거죠. 결과적으로 자연환경도 파괴되고 인간다움도 잃어버렸어요. 어떻게 보면 최고 엘리트 코스를 밟고 스펙이 화려하고 좋은 직장에 다니는 사람일수록 좋은 사람이 될 확률은 낮아요.

임마누엘 페스트라이쉬   '좋다', '나쁘다'에 그런 뜻이 있었군요. 그럼, 저는 나쁜 사람입니까? (웃음)

이승헌   아니죠. 좋은 사람입니다. (웃음)

임마누엘 페스트라이쉬   감사합니다. (웃음)

당대 최고의 지식인,
최치원을 배우다

사회　　잠시 화제를 바꿔볼까요? 교수님은 곧 중국 양주에서 열리는 고운학술대회에 참석하신다고 들었습니다. 중국사람들 대상으로, 중국어로, 그것도 고운 최치원 선생에 대한 발표를 하신다니 과연 어떤 말씀을 하실지 상당히 궁금합니다.

임마누엘 페스트라이쉬　　최치원의 사상과 활동에 대해 발표해요. 주로 '지식인으로서 무엇을 할 것인가?' 하는 지식인의 역할에 대한 제안을 할 거예요. 저도 지식인이기 때문에 늘 이 주제로 고민하고 있어요. 그러던 차에 도서관에서 최치원에 대한 책을 몇 권 접했는데 아주 강렬한 영감을 받았습니다.

　12살의 어린 나이에 중국 유학을 가서 시험에 통과해 중국의 고위 관리가 됐고, 문학 예술 정치 등 거의 모든 분야에서 탁월한 족적을 남겼어요. 16년간 중국에 머물면서 뛰어난 문장가로 명성을 떨치기도 하고 외교관으로서도 모범적인 역할을 수행했으니 요샛말로 한류의 원조라고 할 수 있습니다.

기록을 보면 당시 중국에서 가장 부유한 도시인 양주에서 시장을 역임하기도 했는데, 그 이유가 부패의 유혹에 끝까지 저항한 청렴 결백함이 있었기 때문이라고 합니다. 또 그곳 사람들과 자주 교류하면서 지역 문제에도 깊이 관여했는데 좋은 통치를 위해 수필과 시 등 문학을 통해 다른 사람들의 동참을 이끌었다는 이야기도 있어요. 슬프게도 저의 모국 미국에서는 국제관계나 통치 분야에서 윤리적 비전이나 인문학에 대한 중요성은 거의 강조하지 않아요. 여러 가지로 최치원은 정말 배울 점이 많습니다.

사회　　　그러고 보니 교수님은 최치원 선생님과 공통점이 많아요. 일단 두뇌가 명석하시죠. (웃음) 한국어, 중국어, 일본어, 프랑스어, 독일어 등 6개 언어를 구사할 수 있고, 하버드대, 예일대, 동경대 등 세계 명문대를 졸업하셨으니 스펙도 대단합니다. 또 미국이 아닌 한국에 오랫동안 살면서 한국인보다 더 한국 문화에 깊은 애정을 갖고 글도 많이 기고하시죠. 교수님이지만 강의실에만 있지 않고 정부와 학계, 언론, 민간단체와도 긴밀하게 교류하면서 동아시아의 글로벌 협력관계나 한국의 브랜드

중국에서 열리는 고운학술대회에서 '최치원의 사상과
활동'에 대해 발표해요. 지식인의 사회적 역할에 대한
제안을 할 텐데, 최치원은 정말 배울 점이 많아요.

가치를 높일 수 있는 다양한 아이디어도 제공하고 계시고. 뭐 더 설명할 수 있지만 이 정도로 하겠습니다.

임마누엘 페스트라이쉬　　하하. 그렇게 봐주셔서 감사합니다. 최치원은 저의 롤 모델입니다. 닮기 위해 노력하고 있어요. 아직은 많이 서툴고 부족하지만 기회가 되는 대로 저도 사람들을 자주 만나고, 심도 있는 대화도 나누면서 제가 살고 있는, 또 우리 아이들이 살고 있는 한국 사회에 좋은 영향을 끼칠 수 있으면 좋겠습니다.

이승헌　　가만 보니 교수님은 최치원 선생의 분신 같습니다. (웃음) 완성에 대한 지혜가 최치원 선생의 천지인 사상에서 비롯했는데 학자들이 이것을 더 연구해볼 필요가 있어요. 완성에 대한 것을 연구하다 보면 사람들이 자연스럽게 바른 방향으로 바뀔 거예요. 이번에 교수님이 그런 계기를 만들어줄 수 있기를 기대합니다. 대부분의 학술대회가 옛날의 최치원 선생님만 얘기해버리고 그냥 끝나는데 최치원의 천지인 사상이 '성공에서 완성'으로 패러다임을 바꿀 수 있는 하나의 터닝포인트가 될 수 있도록 해준다면 좋겠어요.

풍류도에 숨은
포용과 융합의 정신

사회   최치원은 신라말의 대학자이자 문호로 유명한데 한국 선도의 대가였다는 사실은 잘 알려지지 않은 것 같아요. 정사에서는 주로 유학자나 관료로서의 면모를 많이 보여주지만 야사에서는 득도한 대신선으로 자주 묘사되기도 해요. 책에 보면 최치원이 중국에서 돌아와 아찬 벼슬에 올랐지만 진성여왕의 난정으로 국운이 기울면서 개혁책 '시무십여조時務十餘條'를 올리고는 온 천하를 주유周遊하다 가야산에서 홀연히 사라져 신선이 되었다고 전해집니다. 저는 최치원 하면 우리 고유의 전통사상인 '풍류도風流道'와 '천부경天符經'을 전해준 분 정도로 알고 있는데요. 총장님께서 좀더 설명해주시면 감사하겠습니다.

이승헌   최치원은 한국 전통 사상의 계승자라고 할 수 있습니다. 우리가 반만년의 역사 속에 한민족 고유의 위대하고 찬란한 문화가 있었다고 해도, 그것을 입증할 사료가 없다면 후대에 전달하기가 어려워요. 상고사 연구가 어려운 것도 그 때문이죠. 우리 전통 문화는 그동안 수많은 외침을 받으면서 많이 소실되기도 했고, 일제 강점기 때는 식민지 백성을 만들기 위해 우리 역사와 전통 문화와 관련된 자료는 모조리 다 긁어서 태워버리는 말살정책을 폈어요.

미국의 중학교 교과서에 '한국에는 전통 문화가 없다. 있다면 중국과 일본 문화의 아류이고, 그래도 있다면 샤머니즘이다.'라고 적혀 있습니다. 나는 그렇게 판단한 시기가 언제였을까 묻고 싶어요. 전통 문화가 있는지 없는지 제대로 판단하려면 2천 년 전으로 가야 하는데 작가가 그건 몰랐겠죠. 해방 후 미국 사람들이 우리나라에 처음 들어왔을 때를 생각해보면 그렇게 쓴 것도 이해가 돼요. 다 없애버린 거지 원래 없는 게 아닌데 우리가 정신을 안 차리면 그냥 없는 역사가 돼버리는 거예요. 선도는 정말 잊혀진 역사가 될 수 있었는데 다행히 당대 최고의 지식인인 최치원 선생이 흔적을 남겨뒀어요. 최치원 선생은 통일신라를 넘어 동아시아를 아우른 국제적 인물이에요. 중국 유학을 마치고 신라로 돌아와서는 유·불·도(유교와 불교, 도교) 삼교를 하나로 융합시켜 '풍류도'라는 우리 고유의 전통 사상을 정립했는데, 선생의 훌륭한 점은 당시 외래 종교였던 삼교에 능통하면서도 그것을 받아들이는 과정에서 자주적이고 주체적인 태도를 잃지 않았다는 점이에요.

또 고대 한국에서 내려오던 '천부경天符經'을 81자의 한자로 옮겨서 묘향산 석벽에 새겼어요. 천부경의 '천지인 사상'은 풍류도에도 그대로 나타납니다. 대개 문화민족이냐, 미개민족이냐의 기준을 경전이 있느냐 없느냐로 판단하는데 우리는 천부경이 있으니 문화민족이라고 할 수 있습니다.

사회 외국의 다양한 선진 사상과 문물을 접했을 텐데도 사대주의에 빠지지 않고 주체성을 잃지 않았다는 점은 정말 높이 살 만하네요. 그런데 '풍류도'라는 말은 어디에 처음 나오나요?

이승헌 《삼국사기》에 전해지는 최치원의 '난랑비서鸞郎碑序'에 처음 나옵니다. 풀어보면 이렇습니다.

"나라에 풍류도라는 현묘한 도가 있어 많은 백성들을 교화해왔다. 풍류도는 유불도 삼교의 기본 정신을 포함하고 있으며, 그 가르침을 베푼 근원은 선도의 역사서인《선사仙史》에 자세히 기록돼 있다. 들어와 집에서 효도하고 나가서 나라에 충성하는 것은 공자의 가르침이다. 무위로 일을 처리하고 말 없이 가르침을 행하는 것은 노자의 뜻이다. 악한 일은 하지 않고 선을 받들어 행하는 것은 부처의 가르침이다."

(國有玄妙之道曰風流. 設敎之源備詳仙史 實乃包含三敎 接化群生.

且如入則孝於家 出則忠於國 魯司寇之旨也. 處無爲之事 行不言之敎

周柱史之宗也. 諸惡莫作 諸善奉行 竺乾太子之化也)

비록 짧은 글이지만 유·불·도 이전에 이미 우리의 고유한 선도가 있었음을 짐작할 수 있습니다. 또 우리의 정신적 전통 속에는 서로 이질적인 종교와 대립하지 않고 삼교를 포용하는 조화로운 합일 사상의 관점이 있었다는 것도 알 수 있습니다.

천지인 사상의 핵심은
조화와 균형

사회 풍류라고 하면 명산을 유람하며 음주가무에 능한 한량閑良의 풍류가 떠오르는데요. 이것도 일본이 왜곡한 것이라고 들었습니다. 그렇다면 최치원 선생이 말한 풍류, 즉 삼교를 포함한 '현묘한 도(玄妙之道)'는 어떤 것인지 궁금합니다.

이승헌 '현묘하다'는 것은 수행을 통해서 느낄 수 있는 경지죠. 말로는 표현이 잘 안 돼요. 하늘과 땅과 사람이 하나된 천지인 합일의 상태, 기 에너지가 완벽한 조화와 균형을 이룬 상태를 말합니다.

임마누엘 페스트라이쉬 한국의 전통 사상인 천지인 사상이 단순히 이론에 그치는 것이 아니라 몸을 통한 수행과 연결되어 있다는 것이 신선합니다.

이승헌 그렇습니다. 실제로 우리 몸의 상태와 자연상태가 다 연결되어 있어요. 인체로 말하면 수승화강水昇火降이 되어야 가장 건강하고 조화로운 상태인데, 지금은 주화입마走火入魔 상태예요. 화기와 수기가 순환을 해서 수기는 위로 올라가고 화기는 아래로 내려와주어야 하는데 거꾸로 됐어요. 머리는 열이 나 뜨겁고, 아랫배는 얼음장처럼 차가워요.

이렇게 화기와 수기가 순환이 되지 않고 분리되면 병이 들죠. 온도의 균형이 깨져서 면역력도 떨어집니다. 이상기후도 잦아지고 전염병도 많아지죠. 최치원 선생의 천지인 사상의 핵심은 균형과 조화인데, 중국에 딱 필요한 거예요. 이번 고운학술대회가 한국의 정신문화를 최치원 선생을 통해서 전달해 줄 수 있는 좋은 기회가 되기를 바랍니다.

임마누엘 페스트라이쉬　　　많은 한국 사람들은 중국이 크다고 생각해요. 땅도 넓고 경제 규모도 크니까요. 하지만 사상이나 철학, 전통문화는 오히려 한국이 더 커요. 불교, 유교, 도교가 한국에 수입되는 과정에서 크게 마찰이 일어나지 않았던 것도 이미 한국에 그런 외래 사상과 종교의 기본 정신을 바탕으로 한 전통문화가 있었기 때문이에요. 정신적인 면에서는 한국이 중국보다 훨씬 커요. 중국이 원래 가진 전통문화의 가치도 오히려 한국에서 더 잘 보여줄 수 있어요.

잃어버린 자연,
잃어버린 인성

사회 　　그런데 선도라고 하면 중국 도교나 인도의 요가를 먼저 떠올리는 사람들이 많아요.

이승헌 　　선도의 발원지는 고대 한국입니다. 현재 우리가 쓰는 언어나 지명 속에도 선도의 흔적이 곳곳에 남아 있어요. 옛 조상들이 수도했던 명산대첩의 이름에는 대부분 신선 선仙자가 들어가는데 다음에 산에 갈 때 유심히 보세요. 설악산에도 와선대, 비선대, 선녀탕 등 선자 돌림이 꽤 많아요. 사실 옛 조상들에게 선도는 특별한 게 아니었어요. 자연 속에서 심신을 수련하는 것은 일상생활에서 흔히 접할 수 있는 문화였습니다.

　실제로 고구려의 조의선인 제도나 신라의 화랑도 등은 고대의 선도를 가르치던 청소년 교육 단체였어요. '묘청의 난' 이전까지는 선도가 국가의 교육 분야에서도 장려되었어요. 묘청의 난과 조선의 숭유 정책, 일제의 탄압과 역사 왜곡, 해방 후의 미군정과 6.25전쟁, 많은 정치적 혼란과 사회 문제, 주체성 없이 유입된 외래 정신에 의해 민족정신이 위기를 맞았습니다. 특히 선도는 뜬구름 잡는 식의 허황된 세계로 왜곡되면서 거의 샤머니즘화 되었지요.

사회　　총장님은 지난 35년간 끊어진 선도의 맥을 잇기 위해 부단히 노력하신 걸로 압니다. 현대 단학과 뇌교육을 비롯해 총장님이 창안하신 360여 가지가 넘는 수련법이 모두 선도에 뿌리를 둔 거죠?

이승헌　　그렇습니다. 어렵게 이어져온 선도의 맥을 어떻게 하면 이 시대 더 많은 사람들에게 알려줄 것인가를 끊임없이 고민하는 과정에서 수련법도 나왔고, 새로운 학문인 뇌교육도 나왔고, 뇌교육을 가르칠 대학도 만들고, 국학원도 세울 수 있었습니다. 그런데 선맥을 잇는 정도로는 만족할 수 없어요. 오늘날 지구촌 곳곳에 산적해 있는 여러 문제가 선맥만 바로잡는다고 해결될 수 있는 게 아니기 때문입니다.

핵심은 '잃어버린 자연, 잃어버린 인성을 어떻게 회복할 것인가' 입니다. 선仙이라는 글자를 보면 사람(人)과 산(山)이 같이 있어요. 사람과 자연이 하나된 조화로운 상태를 선이라고 합니다. 따라서 사람들이 가진 본래의 선함을 회복해서 좋은 사람이 되도록 하는 것, 선이 커질 수 있는 환경을 만드는 게 무엇보다 중요합니다. 그것이 인간을 사랑하고 자연을 사랑하는 길입니다.

그동안 철학으로, 종교로, 교육으로만 추구하던 인성회복운동을 수련을 통한 감각회복운동으로 좀더 실질적인 변화를 이루기 위해 노력을 해왔는데 이제 여기서 한 단계 더 도약할 때가 되었어요. 선도의 사상과 문화를 국가나 종교, 민족을 초월해 전세계 사람들과 함께 공유할 수 있는 지구시민운동으로 확산시키고 그러한 지구시민들이 꾸려가는 지구시민공동체를 통해 새로운 지구촌 문화를 만드는 구상을 하고 있어요.

임마누엘 페스트라이쉬　　　그런 구상을 하시게 된 계기가 있습니까? 총장님은 일반 사람들하고 생각이 많이 달라요. 제가 아는 어떤 총장님도 지구 문제로 이렇게까지 진지하게 고민하진 않아요.

어떤 미래를
선택할 것인가?

이승헌　　교수님이 이해하실지 모르겠지만 나는 인류 앞에 놓인 두 가지의 미래를 보았어요. 그때가 모악산에서 목숨을 건 21일간의 수행 끝에 내 실체가 '천지기운 천지마음'이라는 것을 깨닫고 며칠 지나지 않아서였어요. 바위에 앉아 어두워지는 마을을 바라보는데 새로운 고민이 밀려오는 거예요. '이 깨달음을 어떻게 해야 하나? 이 깨달음으로 무엇을 해야 하나?' 그때 하늘이 두 가지 지구의 모습을 보여줬어요. 하나는 완전한 암흑 속에서 모든 생명이 소멸해버린 죽음의 지구였고, 다른 하나는 인류의 의식이 진화하여 서로의 영혼을 사랑하고 축복하는 아름다운 지구의 모습이었어요.

　하늘은 두 가지 미래 중 어떤 것을 선택할지 나에게 물었고 나는 두 번째를 선택했어요. 나의 깨달음이 진짜라면 인류의 미래를 아름다운 쪽으로 바꾸는 데 도움이 될 거라고 믿었죠. 내가 본 것이 진짜인지, 환상인지 확인하는 유일한 길은 내 깨달음이 현실을 바꿀 수 있는지, 바꿀 수 없는지를 보면 돼요. 그런 깨달음의 기준을 세우고 지금까지 앞만 보고 달려왔어요. 이 실험은 아직 끝나지 않았어요. 진행 중입니다.

임마누엘 페스트라이쉬　　지구의 미래를 마치 한 편의 영화처럼 보셨네요. 신비롭기도 하고 흥미롭기도 합니다. 저는 총장님의 실험이 꼭 성공했으면 좋겠어요. 하지만 기후학자들의 미래 전망을 보면 현실은 '죽음의 지구'에 더 가까워지고 있어요.

이승헌　　방향을 바꾸지 않으면 정말로 우리 미래는 희망이 없어요. 이제 이런 이야기는 뭘 크게 깨달은 사람이나 지식인만 아는 게 아니라 누구나 아는 상식이 됐어요. 그런데도 방향을 틀 용기를 못 내고 잘못된 방향으로 계속 가고 있어요. 훌륭한 학자들도 많고 매년 노벨상을 받는 사람들도 나오는데 방향은 바뀌지 않아요. 나는 방향을 바꾸는 일을 지난 35년간 해왔어요. 처음에는 다들 돌았다고 했어요. 내가 하는 일이 전혀 현실적이지 않다고. 그런데 이게 현실적이지 않다고 생각하는 사람이 사실은 현실적이지 않은 거예요. 사람이 욕망에 빠지면 진짜 현실이 안 보여요. 이건 인류의 문제이고 자연의 문제니까 전문가들만 고민할 일이 아니에요. 일반인들도 생각을 해야 돼요.

임마누엘 페스트라이쉬　　　네. 맞아요. 그런데 어떻게 더 많은 사람들에게 알릴 수 있을까요?

이승헌　　큰 그림을 볼 수 있게 해줘야 해요. 뭐든 작게 보면 문제만 자꾸 보이고 답이 안 보여요. 반대로 크게 보면 어디서 비뚤어졌는지 잘 보여요. 크게 봐야만 답이 보여요. 우리 몸과 똑같아요. 현미경으로 자세히 들여다보면 세균이 엄청 많죠. 그 세균을 다 잡으려면 전문가들 연구도 시켜야 하고 돈도 많이 들고 굉장히 복잡해요. 하다가 안 되면 항생제를 막 쓰겠죠. 하지만 더 큰 차원에서 보면 세균만 있는 게 아니라 우리 몸의 면역력이라는 게 보여요. 실제로 면역력을 키우면 해결될 수 있는 병이 굉장히 많아요.

필요한 것은
'지식'이 아니라 '느낌'

사회　　그렇다면 면역력을 키우기 위해서는 어떻게 해야 할까요?

이승헌　　좋은 환경을 만들어줘야 해요. 본래의 생명력과 자연치유력이 작동할 수 있도록 도와주는 거죠. 병원 가서도 호전이 안 되던 사람이 수련을 하고 나니까 좋아졌다는 사람이 너무나 많아요. 우리 몸을 전체적으로 보면 대부분의 사람들이 몸의 균형과 조화가 깨져 있어요. 뉘어 놓고 이렇게 몸을 보면 대체로 다리가 한쪽은 길고 한쪽은 옆으로 젖혀 있어요. 한쪽이 힘이 없으니 한쪽으로만 힘이 모여요. 이렇게 균형이 깨진 상태가 지속되면 병이 생기죠.

　우리나라 경제도 똑같아요. 상위 5%가 재산을 거의 다 갖고 있죠. 거기다 또 1%가 더 많이 갖고 있어요. 이러니까 안 망하는 게 용한 거예요. 우리 몸은 보통 15도만 기울어져도 병들게 되어 있는데 경제는 거의 90도가 기울어져 있는 형국입니다. 45도 이상 기울어지면 집도 넘어지는 거예요.

지금 이 지구의 환경은 45도 이상 기울어졌어요. 균형과 조화라는 것은 굉장히 크게 볼 때 보여요. 작게 보면 좋은지 나쁜지 알 수가 없어요. 상황에 따라서 다 달라져요. 작게 보면 1등 하는 게 왜 나빠요? 1등 하면 좋잖아요. 그런데 온 국민이 다 1등 하겠다고 달려들면 이 사회가 어떻게 되겠냐는 거예요.

사람들이 이 지구가 지금 나쁜 방향으로 가고 있다는 것을 지식으로만 알아요. 그것을 느낌으로 알아야 되거든요. 집이 아무리 잘 디자인됐어도 지금 무너지려고 한다면 그 속에서 살 사람은 한 명도 없어요. 모두 황급히 튀어나오겠죠. 이것을 제대로 알려주는 교육이 필요해요.

임마누엘 페스트라이쉬　　정말 그래요. 느끼게 해주는 교육이 필요해요. 우리 주변에 심각한 문제들이 많이 있지만 사람들은 실제 위기처럼 느끼지 않아요. 이게 더 큰 문제예요. 환경문제도, 양극화도 그저 책을 읽으며 이해하는 수준입니다. 머리로, 지적으로 문제를 파악하긴 해도 몸으로, 감각으로 느끼지 못하니까 자기의 습관이 바뀌진 않아요. 내가 알고 있다고 생각하

거나 이해하는 내용이 진짜 자기 것이 되려면 이것이 삶으로도
나타나야 해요.

평화를 원한다면
내가 먼저 평화로워야

이승헌　　그래서 수련이 필요해요. 교수님도 수련을 하고 계시
죠?

임마누엘 페스트라이쉬　　네. 제가 명상과 호흡에 관심이 많은
데 최근에 많이 바빠지면서 수련장에는 일주일에 두 번 정도
나가요. 그 전에는 하루도 빠지지 않고 매일 나갔어요. 하고 나
면 마음이 편안해지고 건강도 좋아지고 집중력도 높아지는 걸
느끼죠.

이승헌　　명상에 관심이 있어서 오는 사람들은 대부분 스트레
스를 더 잘 관리하고, 좀더 긍정적인 생각을 하고, 감정을 좀더

잘 다스리고, 집중력을 높이려는 목적으로 시작해요. 시작은 그렇게 하지만 거의 대부분이 자연스럽게 삶에서 더 깊은 의미와 자신의 존재 가치에 대해 관심을 갖게 되죠. 수행의 가치를 알게 되고, 영적인 자각을 얻으면서 조금씩 자신의 본성과 가까워지고 세상을 보는 안목도 더 깊어집니다.

임마누엘 페스트라이쉬　　네. 맞습니다. 저는 총장님 말씀 중에 "평화를 원한다면 자기가 먼저 평화로워야 한다"는 대목이 기억에 남아요. 평화는 대통령이나 정치인이 보장해주는 게 아니거든요. 자기부터, 자기의 일상적인 습관부터 평화롭게 바꾸면 세상도 평화롭게 바뀔 수 있어요. 그게 가장 빠르고 가장 확실한 방법이죠.

이승헌　　그렇습니다. 지금까지 평화는 주로 정치나 종교의 문제로 다루어져 왔어요. 평화는 개인이 고민하기에는 너무나 큰 주제이고, 개인이 노력한다고 실현할 수 있는 것도 아니라고 생각하죠. 그러나 국가나 종교를 중심으로 한 평화, 정치적 이념이나 종교적 신념을 중심으로 한 평화는 불완전할 수밖에 없어요. 국가나 종교를 중심으로 한 평화는 평화가 아니라 실제로 가장 큰 분쟁의 요인이 되고 있어요. 지금 우리에게 필요한 것은 평화를 이론적으로 연구하고 이해하는 것이 아니라 우리 스스로 평화로워지는 것이고, 우리 스스로 평화의 존재가 되는 것입니다. 이것은 평화를 체험할 때만 가능한 일이에요.

임마누엘 페스트라이쉬   우리가 당장에 전체를 바꿀 순 없지만, 일단 그 방향을 추구하면 상당히 좋은 환경을 만들 수 있어요.

지구 환경을 바꾸는 작은 실천

아마존 숲이
사라지는 이유

사회   두 분 말씀을 듣다 보니 지구 환경 문제가 자연스럽게 평화와 연결이 되네요. 지구와 인류의 평화를 위해서는 파괴적이고 폭력적인 마음을 정화하는 수련도 중요하고 또 일상에서 자연을 보호하려는 노력도 필요할 텐데요. 교수님은 그동안 환경 문제에 대한 글을 많이 기고하셨어요. 실제로 생활에서는 어떤 실천을 하고 계신지 궁금합니다.

임마누엘 페스트라이쉬　　　대단한 건 없어요. 작은 노력들이죠. 저는 차가 없어요. 이동할 때는 도보나 대중교통을 이용합니다. 엘리베이터 대신 계단으로 걸어 다니고, 커피는 종이컵 대신 텀블러에 마셔요. 그리고 고기는 안 먹고 식사는 주로 채식을 합니다.

이승헌　　　굉장히 검소하시네요. 차가 없으니 기름 넣을 이유도 없고 환경 오염을 시킬 일도 없겠군요. 그런 모범을 보여주시는 게 참 좋습니다. 그런데 식사는 완전히 채식으로만 하십니까?

임마누엘 페스트라이쉬　　　아뇨. 우유, 치즈, 멸치는 조금씩 먹어요. 가능하다면 완전채식을 하고 싶지만 한국에서는 현실적으로 어려워요. 미국이나 유럽만 해도 식당에 가면 채식주의자를 위한 메뉴가 따로 있습니다. 한국은 그렇지 않죠. 제가 놀란 건 너무나 많은 한국인들이 육식과 환경 오염이 직접적인 관계가 있다는 걸 모른다는 거예요. 제가 고기를 안 먹고 채소만 먹으면 사람들은 이상한 편식을 한다고 생각합니다. 왜 채식을 하는지 잘 몰라요. 저도 따로 설명하진 않아요.

실제로 육류 소비를 위해 동물을 사육하는 것은 엄청난 생태계 파괴를 불러옵니다. 거의 모든 숲의 벌목이 축산과 관련이 있어요. 벌목된 아마존 숲의 80%가 도살될 가축을 키우는 방목지로 사용되고, 나머지도 주로 가축사료용 콩 작물재배에 사용돼요. 축산업이 전세계의 모든 교통수단을 합친 것보다 더 많은 온실가스를 배출한다는 세계식량기구 보고서 결과도 있습니다.

이승헌   그렇군요. 요즘은 우리 식단도 많이 서구화됐는데 원래 한국의 전통 밥상은 채식에 가까워요. 여러 가지 나물 반찬과 김치, 된장, 청국장 같은 우수한 발효음식도 많고 거의 다 자연식이죠.

임마누엘 페스트라이쉬   네. 김치는 매운맛 때문에 아직 적응을 못하고 있지만 된장찌개나 콩나물국, 청국장은 여느 한국인보다 더 좋아해요. 한국의 전통 음식은 다 맛있어요. 정갈한 사찰 음식도 좋습니다.

이승헌　옛날 시골 농가에서는 소, 돼지, 닭 등 가축을 직접 길러서 먹었는데 지금은 그렇게 자연 상태에서 자라는 가축들이 얼마 안 된다고 합니다.

육식을 줄이고
환경을 생각하자

임마누엘 페스트라이쉬　따로 엄격한 기준을 가지고 선택하지 않는 한 대부분의 식탁에는 공장식 축산에서 생산된 고기가 올라옵니다. 육류 소비가 급증하면서 싼 가격에 빨리, 대량으로 공급할 수 있는 공장식 축산이 자리를 잡았습니다.

　사실 인간은 식물성 음식만으로도 대부분의 영양소를 흡수할 수 있어요. 만약 모든 사람들이 고기 대신 나물과 곡물을 먹으면서 채식을 한다면 가장 신속하게 온실가스 배출을 줄일 수 있어요. 기후 변화, 토지와 물의 오염, 야생동물의 멸종 및 인류 건강의 위협에 이르기까지 거의 모든 환경적 피해를 막을 수 있고 기아 문제도 해결할 수 있어요.

사회　　고기를 아예 안 먹는 건 어렵겠지만 좀 적게 먹자는 건 동참할 수 있을 것 같아요. 기왕이면 축산농가도 살릴 겸 좀 비싸더라도 지역에서 착하게 키운 고기를 사먹으면 더 좋겠죠.

임마누엘 페스트라이쉬　　네. 최소한으로 섭취할 수만 있어도 토질도 좋아지고 환경 파괴로 인한 손실도 획기적으로 줄일 수 있습니다. 유럽에서는 '고기 없는 월요일'이라고 해서 일주일에 한 번은 고기 안 먹는 운동도 하고 있어요. 공장식 축산으로 고통받는 동물을 줄이고, 동시에 고기를 생산하기 위해 전세계에서 배출되는 대량의 온실가스를 줄여 지구온난화를 막자는 취지를 담고 있습니다.

사회　　채식을 하면서 생명과 지구, 굶주린 이웃을 함께 생각할 수 있다면 채식은 채식 이상의 가치를 갖는다고 볼 수 있을 텐데요. 이런 획기적인 변화를 줄 수 있는데도 불구하고 우리의 밥상을 한꺼번에 채식으로 바꾸지 못하는 데에는 여러 가지 이유가 있으리라 봅니다. 사실 건강만 놓고 보면 채식에 대한 의견은 여전히 분분합니다. 연구하는 학자들마다 정반대의 결론을 내놓거든요. 육식이 건강을 망친다고 주장하는가 하면 채식주의 신화가 병을 부른다고 경고하기도 합니다. 한의사들 중에는 채식만 해도 괜찮은 체질이 있지만 고기를 좀 먹어줘야 하는 체질도 있다고 하죠. 개인적으로는 인류가 지금까지 살아온 방식대로 채식과 육식을 편식하지 않고 골고루 잘 먹는 게 자연스러운 것 같은데 여기에 대해서는 어떻게 생각하세요?

임마누엘 페스트라이쉬 채식이 편식이라고 생각하지는 않습니다. 채식 요리도 아주 다양합니다. 풀만 먹는 게 아니에요. 골고루 영양을 섭취할 수 있도록 균형 잡힌 식단을 짜는 게 좀 어려울 수도 있습니다만 제 경우는 몸도 훨씬 가벼워지고 컨디션도 좋아졌어요.

무엇을 어떻게
먹을 것인가?

사회 그렇군요. 기왕 식습관에 관한 이야기가 나온 김에

과식하는 습관이 있다면 식사명상을 해보세요.
씹는 느낌, 맛, 음식이 식도를 타고 내려가는 느낌 등
느낌에 집중하며 먹을 때 저절로 소식을 하게 돼요.

총장님께도 여쭐게요. 평소 소식을 하신다고 들었습니다. 밥은 공기의 3분의 1, 찬은 세 가지 정도로 소박하게 드신다고요.

이승헌　　육체노동을 많이 하는 사람이 아니라면 소식이 좋습니다. 너무나 상식적인 이야기이지만 아무리 몸에 좋은 음식이라도, 예를 들어 유기농 채소에 자연산 현미밥이라고 해도 필요한 만큼만 먹어야지 과하게 먹으면 병이 생깁니다. 바깥에서 식사 약속이 잡히면 나도 평소보다 많이 먹게 되는데 그렇게 먹고 나면 속이 영 더부룩하고 불편해요. 상대방과 대화를 하다 보면 이야기에 집중하느라 뭘 먹었는지도 모르고 먹게 되죠.

사회　　혼자 밥을 먹을 때도 밥만 먹어야 하는데 생각을 함께 먹게 돼요. 과식할 때도 많고요. 좋은 방법이 없을까요?

이승헌　　평소 과식하는 습관이 있다면 오늘부터 식사를 하나의 명상처럼 해보기를 권합니다. 식사명상은 식사를 하면서 몸의 느낌에 집중하는 것입니다. 씹는 느낌, 맛, 음식이 식도를 통과해서 내려가는 느낌, 그것에 대한 몸의 반응 등을 모두 느끼면서 천천히 먹다 보면 단순히 혀끝에서 느끼는 맛보다 훨씬 더 풍부하고 깊은 맛을 경험할 수 있어요. 몸의 반응에 집중해서 먹다 보면 위장과 뇌에서 이제 배부르다는 신호가 옵니다. 거기서 딱 멈추면 돼요. 이 훈련을 통해 가장 자연스럽게 식사 조절을 할 수 있습니다.

그리고 가끔은 단식을 하는 것도 좋습니다. 스트레스를 받거나 중요한 결정을 내려야 할 때는 뱃속을 깨끗하게 비워냄으로써 정신을 아주 맑게 정화할 수 있어요. 그런데 현대인들은 곡기를 끊는 단식보다 정보 단식이 더 필요한지도 모르겠습니다. 뇌가 수많은 정보에 과열돼 있어요. 쉽진 않겠지만 일주일에 하루 정도는 스마트폰, 인터넷, 텔레비전을 끄고 한번 지내보세요. 심심한 것을 즐길 줄 알아야 합니다. 혼자 조용히 사색하며 고독해질 시간을 가질 때 영혼이 성장합니다.

임마누엘 페스트라이쉬　　한국에는 요리 프로그램이 정말 많습니다. 먹방(먹는 방송의 줄임말)이라고 하던데 그걸 보고 있으면 배가 안 고픈데도 먹고 싶은 충동이 생기기도 합니다. 또 방송에서 사람들은 입안으로 많은 음식을 가져갈수록 만족해하는 것 같아요. 마치 즐거움이란 과식을 했을 때 찾아오는 것이라고 보여주는 것 같습니다. 환경 위기를 맞고 있는 오늘날 이 같은 행동이 지구에 어떤 피해를 줄지 한 번쯤 생각을 해보면 좋겠어요. 쌀 한 톨이라도 아끼는 한국의 검소하고 소박한 전통이 필요한 때입니다.

사회　　저녁 방송에 어떤 음식이 잠깐 지나가기만 해도 그 음식은 매출이 껑충 뛴다고 해요.

이승헌　　시각적 이미지가 사람들의 사고와 행동에 가장 많은 영향을 끼치죠. 보는 것에 지배당하지 않으려면 늘 보이지 않는 이면까지 생각해보는 훈련이 필요합니다. 예를 들면, 음식을 먹으면서도 '이게 어디서 왔지?' '어떤 사람의 손길을 거쳐서 내 입으로 들어왔지?' 이런 과정을 하나씩 떠올리다 보면 저절로 감사한 마음이 일어납니다. 음식을 대하는 마음 자세나 먹는 자세도 달라지지요. 눈앞에 놓인 음식을 통해서 보이지 않는 수많은 사람들, 수많은 생명들과 교류하며 선한 에너지를 주고 받을 수 있어요. 그럴 때 우리 안에서 깊은 치유가 일어납니다.

임마누엘 페스트라이쉬   주말에 집에 혼자 있을 때 TV시청이나 컴퓨터 게임에서 못 빠져 나오는 사람도 많습니다. 쇼핑 중독, 도박 중독, 게임 중독, 스마트폰 중독 등 각종 중독에 노출돼 있는데 여기서 벗어나려면 자신의 욕구를 조절하고 통제하는 힘을 키워야 합니다. 여기에 명상이 도움을 줄 수 있습니다. 욕구 조절은 과잉 소비와 섭취를 줄여주니까 결과적으로 지구 환경에도 좋은 영향을 줍니다.

자녀와 함께 하는
환경 교육

사회   교수님은 평소 지구 환경과 관련해 자녀들과도 대화를 나누시나요? 어떤 식으로 환경 교육을 하시는지 궁금합니다.

임마누엘 페스트라이쉬　　네. 요즘 특히 많이 강조합니다. 아이들에게 환경과 우리가 동떨어진 게 아니라 밀접한 관계가 있다고 알려주죠. 소비적인 삶에서 벗어나 검소하게 사는 것, 소식하는 습관이 중요하다고도 하고요. 대화를 해보면 아이들이라고 해도 결코 어리지 않아요. 한번은 전쟁과 굶주림과 병으로 죽어가는 아프리카, 방글라데시, 아프간, 인도 등 가난한 나라의 불쌍한 아이들을 떠올리게 해줬어요. 세계는 현재 4초에 1명 꼴로 하루에 22,000명의 아이들이 굶어 죽고 있다고 했더니 그 뒤로 음식을 귀중히 여기고 함부로 버리지 않아요. 세계 기아 문제를 해결하려면 전쟁을 없애야 한다는 이야기도 합니다. 작은 의미의 평화 교육이라고 할 수 있어요. 세계 평화에 대해 이렇게라도 아이들의 마음속에 심어주는 것이 중요합니다.

이승헌　　자녀들에게 생활로 하는 교육, 몸으로 보여주는 교육보다 더 좋은 건 없어요. 그걸 교수님이 지금 하고 있는 겁니다.

임마누엘 페스트라이쉬　　저도 잘 하진 못해요. 그래도 노력하고 있죠. 한국의 전통 생활을 보면 옛날엔 다 그렇게 검소하게 살았어요. 엄청난 석학들도 조그만 집에 살면서 적게 먹고 평범하게 살았어요. 물질이나 성공에 집착하지 않고 낮에는 농사짓고 밤에는 책을 읽으며 삶의 깊은 깨달음과 정신세계를 추구하며 사는 사람들이 많았죠. 일제시대 교육 탓에 이런 검소한 생활을 오히려 낙후됐다고 보는데 사실은 이런 게 정말 매력적인 거예요. 최근 20세기까지도 한국에는 이웃과 정을 나누고 어려운 일은 함께 돕는 공동체 의식이 있었고 자연과의 조화로운 호흡이 살아 있었어요.

무엇이 진정한
발전인가?

이승헌   그때는 지금처럼 잘 살지는 못했지만 사람들이 특별히 불행하다고 느끼지는 않았던 것 같아요. 자기 처지를 탓하거나 불평하지 않고 편안한 마음으로 자기 분수를 지키며 만족할 줄 아는 안분지족安分知足의 도가 있었죠. 그런데 갈수록 이웃을 사랑하는 마음이나 공동체 의식은 약해지고 자기와 자기 가족, 파벌만을 위하는 이기주의가 심해지고 있어요. 그러니 살기가 더 어려워지는 게 아닌가 싶습니다.

환경에 대한 이야기를 하니까 50년 전 고향 마을의 풍경이 떠오릅니다. 나는 천안에서 태어났습니다. 50년 전만 해도 눈을 뜨고 밖에 나가면 항상 집 앞에는 맑은 시냇물이 흘렀고 거기서 가재며 고기도 잡을 수 있었어요. 또 산에 가면 항상 농약을 치지 않은 산딸기가 나를 기다리고 있었습니다. 그 산이 누구 산이냐 물어볼 필요가 없었죠. 요즘은 자기 산에 출입금지 팻말이 다 붙어 있잖아요. 옛날엔 산에 있는 산딸기가 다 내 딸기였고 시냇가에 물고기가 다 내 물고기였어요. 집을 나가면 드넓은 자연이 항상 나와 연결되어 있다는 걸 느낄 수 있었습니다.

그런데 지금은 어떻게 됐습니까? 완전히 분리됐죠. 자연환경은 엄청난 가치인데 그것을 파괴하면서 결국은 돈을 벌었고 경제를 발전시켰어요. 50년 전보다 무려 250배나 부자가 되었으니 분명 더 편리해지고 잘 살게 된 건 맞아요. 옛날엔 밥을 지으려고 해도 나무를 해서 불을 때야 했어요. 굉장히 바빴죠. 요즘은 밥통에다 쌀을 안쳐서 스위치만 꽂으면 되잖아요. 그런데 왜 여전히 바쁠까요? 경쟁은 더 심해지고 이런 환경 속에서는 성공하지 않으면 큰일 날 것 같은 조급증이 생깁니다. 상대적으로 옛날에는 성공이 그렇게 중요하지 않았어요. 시골에서는 그냥 부지런하고 근면하면 다 밥 먹고 살았어요. 그런데 요즘은 부지런해도 일할 데가 없죠.

그럼 지금 이 문제를 어떻게 할 것인가? 책임은 아무도 지지 않습니다. 물론 이것이 한국에만 국한되는 건 아닙니다. 전세계적으로 환경이 어떻게 변했는지 한번 보십시오. 아마 50년 전만 해도 아프리카가 물 부족으로 굶어 죽고 저렇게 전쟁이 나지 않았을 거예요. 인류가 2차 대전 후로 선진국이 후진국 개발한다고 들어가서 개발을 시켰는데 그 개발이 후진국보단 선진국을 위한 것이었고, 일반사람들을 위한 것이라기보다 특권층인 소수 권력자들을 위한 개발이었어요. 소수의 몇몇 권력자들을 위한 욕망이 지구도 파괴하고 인간성도 파괴하면서 이렇게 됐는데 이제 어떻게 할 것이냐? 여기에 대한 인식과 변화가 필요합니다.

개인의 실천이
먼저다

사회   총장님 말씀을 들으니 일본의 환경운동가 토다 키요시의 말이 생각납니다. '환경파괴는 주로 엘리트에 의해 초래되었고, 환경피해는 엘리트가 아닌 사람들에게 가중되며, 환경복구는 이러한 비엘리트의 희생을 통해 이뤄진다'고 했죠. 여기서 엘리트는 선진국이나 특권층을 말합니다. 실제로 선진국은 자기 나라만 깨끗하게 살겠다고 공해 산업을 후진국에 갖다 안겼다는 비난을 받고 있습니다. 결국 그 공해가 전 지구를 잠식해 들어가 이제 선진국이라고 해도 그 영향권에서 벗어날 수 없지만요. 전문가들은 선진국이 산업 구조를 바꾸어 자국민들의 소비를 줄이는 것은 물론, 후진국에 첨단 기술을 제공해 공해 산업을 더 이상 일으키지 않도록 해야 한다고 주장하기도 합니다. 이런 의견에 대해 교수님은 어떻게 생각하십니까?

임마누엘 페스트라이쉬   정말 그렇게 되면 좋겠습니다. 환경에 대한 미래 예측이나 제안은 현 상황에 대한 심각성을 경고하고 좋은 방향으로 바뀌기를 기대하면서 내놓는 것인데 십 년 전이나 지금이나 큰 변화가 없는 게 현실입니다. 늘 공약만 난무하고 행동은 부족하죠. 설상가상으로 지구 환경은 더 빠른 속도로 나빠지고 있습니다. 지구 환경을 위협하는 거대한 산업 구조를 바꿔야 하는 것도 맞습니다. 하지만 당장 할 수 있는 것부터 해야 합니다. 저는 각 개인들이 일상에서 지구 환경을 늘 자기 생활과 연결시켜 생각하면서 소비도 줄이고 쓰레기도 줄이고 좀 불편하더라도 검소하게 친환경적인 생활을 하는 것이 변화의 가능성은 더 크다고 봅니다. 이미 우리 사회의 엘리트들은 많은 비용을 들여 친환경 기술개발에 힘쓰고 있습니다. 하지만 쓰레기를 줄인다든지, 음식과 에너지 소모를 줄이는 등 환경에 정작 도움이 되는 기본적인 노력은 찾아보기 힘듭니다.

이승헌　　이러한 모순을 보이는 것도 성공 위주의 편협한 교육만 받아서 그래요. 전체를 하나로 볼 수 있는 시각이 필요합니다. 앞서도 잠깐 언급했지만 근본적인 문제해결을 위해서는 인류를 지배하는 패러다임이 바뀌어야 합니다. 성공 중심의 가치관에서 완성 중심의 가치관으로.

앞서 교수님이 채식으로 기아 문제도 해결할 수 있다고 하셨는데 중요한 게 하나 더 있습니다. 바로 분배예요. 지금도 지구에는 전세계 인구의 두 배가 먹고도 남을 만큼 풍부한 식량이 생산되고 있습니다. 그런데도 한쪽에서는 먹을 것이 없어 굶어 죽고, 또 다른 한쪽에서는 비만으로 고통받고 있어요.

항공 사진작가가 하늘에서 찍은 지구 영상을 본 적이 있는데 하늘 위에서 내려다보면 이 세상이 더 적나라하게 보입니다. 국경을 사이에 두고 한쪽은 물길이 끊기고 가뭄과 가난에 허덕이는데 한쪽은 호화로운 고층 건물들이 휘황찬란하게 빛나죠. 뭔가 이건 아닌 것 같다고 느끼지만 아무도 손을 쓰지 못합니다. 만약 지구의 경영자가 있다면 이 광경을 그냥 보고만 있을까요? 아마 모든 장벽을 허물고 지구의 모든 생명들에게 지구의 모든 자원이 골고루 돌아갈 수 있도록, 그래서 굶는 사람 없이 서로 행복하게 잘 살 수 있도록 분배를 했을 거예요.

과학기술이
만능은 아니다

임마누엘 페스트라이쉬　　저도 그 영상을 본 적이 있어요. 가까이서 보는 지구는 문제투성이지만 멀리서 본 지구는 정말 아름답죠. 기술과 부의 상징이자 꿈의 도시로 불리는 두바이도 환경적인 관점에서는 굉장히 위태롭습니다. 물길도, 전기도 모두 외부에서 끌어와 지은 건물이니 주변 환경과도 상당히 이질적으로 느껴지죠. 최첨단기술이 집약돼 있는 두바이를 작가는 지나간 '과거의 도시'로 표현합니다.

　반대로 뉴질랜드처럼 자연을 훼손하지 않고 잘 보존한 친환경도시를 희망찬 미래의 도시로 꼽습니다. 두바이를 보여주면서 항공사진작가 얀이 질문을 합니다. "이렇게 높은 빌딩이 왜 필요할까요?" 하고. 환경문제는 결국 사고방식의 문제입니다. 모든 게 다 하나로 연결돼 있는데 그걸 인지하지 못하거나 착각하는 거죠. 자기 혼자 우뚝 서서 나는 주변 환경과 관계가 없다고 부정하는 것과 같아요.

이승헌　　환경문제를 해결하는 첫걸음은 모든 사람과 자연은 하나라는 사실을 진실로 깨닫는 것입니다. 그렇지 않으면 환경문제는 결코 해결할 수 없습니다. 과학과 기술 그리고 경제적 메커니즘만으로 환경문제를 해결할 수 있다고 착각하는 사람도 있는데 참으로 어리석은 일입니다. 인간이 자기 존재의 뿌리를 망각하고 자연환경이나 지구의 순리를 거스를 때 어떤 결과를 낳는지 지금 우리가 보고 있어요. 망가진 것은 자연 환경만이 아닙니다. 우리 자신의 인간성과 인간관계 그리고 공동체 의식까지 파괴되었어요.

임마누엘 페스트라이쉬　　그렇습니다. 과학기술로 환경문제를 해결하겠다는 것은 현재의 소비 생활을 포기하지 않으면서 오염을 최소화하는 방법을 찾겠다는 뜻인데 이것은 근본적인 해결방안이 아닙니다.

'강남스타일' 같은 한류도 나름 재미있지만
진정한 문화대국이 되려면 여기서 한 걸음 더 나아가야 해요.
전세계인에게 더 깊이 있는 신념이나 비전으로
좋은 영감을 줄 수 있는 다양한 문화 콘텐츠가 필요해요.

발전적 한류를
꿈꾸며

사회　　　잠깐 다른 이야기로 넘어가겠습니다. 제가 어제 교수님 페이스북에 올라온 기사를 검색하다가 가수 싸이에게 보낸 편지를 읽었어요. 2013년 여름으로 기억하는데 싸이에게 채식주의자가 되어 달라고 권하셨더군요. "당신이 채소만 먹는 것을 본 젊은이들은 당신을 따라 채식을 하게 될 것입니다." 이렇게 돼 있던데 답장이 왔나요? (웃음)

임마누엘 페스트라이쉬　　　아뇨. 아직 못 받았어요. (웃음) 다소 장난스럽고 웃기게 보일 수도 있는 편지인데 아마 한국인들이 그 편지를 본다면 저를 비웃거나 어처구니없다고 여길지도 몰라요. 제가 강조하고 싶은 건 한류가 미치는 파급력이 대단하다는 거예요. 세계적인 톱스타인 싸이가 '강남스타일' 하나로 전세계에 말춤을 퍼뜨린 것처럼 지구에 도움이 되는 건강한 생활방식을 퍼뜨릴 수 있으면 얼마나 좋을까 싶었죠. 강남스타일 같은 한류도 나름 재미있지만, 그런 것을 저는 별로 좋아하지 않아요. 표면적인 한류보다 오히려 한국의 사상이나 정신을 담은 전통 문화에 더 매력을 느끼는 편이죠.

그런 점에서 한류 드라마에도 아쉬운 게 많습니다. 주인공은 대부분 큰 집에 살고 고급스러운 외제차를 타는 재벌입니다. 자전거 타는 사람은 거의 없어요. 태국이나 중국, 우즈베키스탄 등 다른 나라 사람들이 그런 모습을 보면 나도 저렇게 살고 싶다고 생각하겠죠. 그런데 모두 한국의 재벌처럼 살면 지구는 망합니다. 드라마 내용도 엽기적인 내용들 말고 좀더 가족 윤리와 사회적인 책임을 의식하면 좋겠습니다. 특히 인기 있는 드라마나 영화에서 친환경 생활을 하는 주인공이 자주 등장해 검소하게 낭비하지 않는 모습을 보여준다면 한국을 좋아하는 많은 외국인들도 따라 배울 거라고 봅니다.

이승헌　　싸이의 '강남스타일'은 그 영향력이 정말 굉장했죠. 외국인들이 한국어로 된 가사의 의미는 잘 몰랐을 텐데도 국적을 불문하고 남녀노소 할 것 없이 말춤을 추며 흥겨워하는 걸 보면서 한국의 신바람 문화가 전세계에 통하는구나 하고 놀라움을 느꼈습니다. 물론 교수님 지적대로 한국이 세계의 모범국가로 진정한 문화대국이 되려면 여기서 한 걸음 더 나아가야겠지요. 표면적인 한류가 아니라 전세계인에게 더 깊이 있는 신념이나 비전으로 좋은 영감을 줄 수 있는 다양한 문화 콘텐츠들이 많이 나오면 좋겠습니다.

사회 '한류' 하면 총장님을 빼놓을 수 없습니다. 미국에 한국식 명상 열풍을 일으킨 원조시죠. 한국의 전통 심신수련법과 뇌교육을 통해 정신과 문화를 알리는 일을 해오셨고 그 공로로 미국 20개 도시에 '일지 리 데이'가 지정되었고 26개 도시에 '뇌교육의 날'이 선포되었습니다. 국내보다 해외에서 더 인정을 받고 계시는데 그 이유가 뭘까요?

이승헌 이렇게 물어보고 싶군요. 한국에서 내가 홍익정신을 이야기하는 것과 교수님이 이야기하는 것 중에서 어떤 게 더 설득력이 있는 것 같아요?

사회 아무래도 교수님이… (웃음)

이승헌　　그런 거예요. 이상하게도 우리가 우리 이야길 하면 고리타분한 옛날 이야기로 들어요. 우리의 정신문화에 대해서 크게 감동하지도 존중하지도 않죠. 하지만 하버드대 박사가 한국의 홍익정신을 얘기하면 이게 뭔가 하고 귀를 기울입니다. 아주 새롭게 들리죠. 교수님이 홍익정신을 얘기할 때 사실 나도 깜짝 놀랐어요. 많은 사람들이 하버드 대학을 나온 박사고 동아시아학을 전공했으니까 뭔가 서구적인 새로운 것을 꺼내놓을 줄 알았을 거예요. 그런데 호랑이 담배 피우던 시절 이야기를 하니까 처음에는 막 머리가 아팠을지도 몰라요.

임마누엘 페스트라이쉬　　맞아요. 경험 있습니다. 특히 선비나 유교 사상이 한국 사회에서 많은 오해를 사고 있어 아쉬워요.

선비의 최종 목표는 홍익인간

사회　　선비라고 하면 유교문화권 안에서 공자왈 맹자왈 하면서 어떤 이론이나 신봉하고 당파싸움이나 하는 고리타분한 집단, 또 병역과 노동은 면제받고 관직을 독점한 조선 지배층이면서도 시대를 읽지 못하고 권력 다툼만 하다가 결국 나라를 빼앗긴 무능한 집단이라는 인식이 있어요.

임마누엘 페스트라이쉬　　어느 정도 맞는 부분도 있겠지만 이런 평가에는 일제 강점기 때 정치적 필요에 의해 일본이 주입한 왜곡된 정보의 영향이 큽니다. 주자학에 빠져 허우적거리는 조선을 일본이 해방시켜 근대화했다는 논리죠. 저는 인정하지 않지만 해방 이후에도 그런 논리가 남아서 조선시대와 현대 대한민국을 단절시켜 과거를 부정적으로 보는 사람들이 많습니다. 현대 사회에 도움이 될 만한 훌륭한 문화유산을 많이 가지고 있는데도 대한민국은 내세울 것도 없고 근대 이전에는 잘 살지도 못했고 별 볼 일 없는 역사라고 비하하죠. 이런 허무주의 역사관에서 빨리 벗어나야 합니다.

　제가 볼 때 선비는 현대에도 통할 멋진 캐릭터입니다. 자기 수양에 지극하고 공동체에 대한 책임과 실천을 중시한 평화주의자였죠. 벼슬에 연연하지 않고 지독하게 공부하는 게 특징이지만, 폐쇄적이거나 고립적이지 않고 사회적 책임에 충실했습니다. 그리고 그들의 궁극적인 공부 목적은 단군의 건국 이념처럼 세상을 널리 이롭게 하는 홍익인간이 되는 데 있었습니다.

사회　　　선비의 최종 목표가 홍익인간이었군요.

임마누엘 페스트라이쉬　　　그렇습니다. 대부분 선비라고 하면 조선의 유학자를 떠올리는데 한영우 서울대학교 명예교수는 최초의 선비로 단군을 꼽습니다. 한교수는 '미래와 만나는 한국의 선비문화'라는 강연에서 '선비는 고조선 때부터 있었다. 사상적으로 보더라도 선비는 반드시 유교와만 관련된 사람은 아니다. 선비라는 계층이 따로 독립돼 있는 게 아니고 한국인 전체가 선비정신을 가지고 있었다'는 설명을 하시는데 상당히 인상적이었습니다.

한국인의 정체성은 '선비'

이승헌　　학문을 깊이 하다 보면 결국 근원과 통하게 됩니다. 한영우 교수는 역사학계의 거두로 꼽히는 분인데 선비에 대한 연구도 많이 하시고 책도 내셨죠. '선비 1호는 단군'이라고 하면 아마 사람들이 깜짝 놀랄 거예요. 한교수의 주장대로 선비는 유교와 함께 들어온 외래 개념이 아니라 원래부터 우리한테 있던 거예요.

선비라는 말도 순우리말입니다. 단재 신채호의 《조선상고사》와 김부식의 《삼국사기》에는 단군왕검을 선인왕검으로 표현했는데 선인이 곧 선비입니다. 선인은 선비를 이두문자로 표현한 거예요.

신라의 국선이나 화랑이 모두 선비의 전통을 이은 것입니다. 선비는 고조선에서 삼국시대, 고려, 조선 시대를 거치며 외래사상과 융합하면서 계속 진화, 발전해왔고 지금도 우리의 문화적 유전인자 속에 남아 있습니다.

사회　　문인을 뜻하는 중국의 '사士'의 개념을 선비로 번역하면서 의미에 혼돈이 생긴 것 같은데 원래 선비는 어떤 사람이었습니까?

이승헌　　공자와 맹자는 중국을 이끌어가는 지식층, 정치적 주도층을 '사士'라고 했는데 이들은 문인이었습니다. 우리는 문인뿐만 아니라 문무文武를 겸한 지도자나 유불도가 통합된 실체를 선비로 봤어요. 16세기 천자문에는 '도사 사'로 나오는데 선비가 도사와 비슷하다고 본 것 같아요.

원래 선비는 명예나 돈이나 권력을 추구하는 사람이 아니었어요. 아주 고고했죠. 그런데 그게 타락하면서 벼슬아치가 된 거예요. 권력을 잡고 지배를 하려다 보니 상놈도 만들었죠. 물론 이건 국가에서 만들어요. 일본에서 사무라이를 만들듯이. 국가가 통치를 위해 선비우월주의로 양반에게 특권을 주고 상놈에게 양반을 모시게 한 거죠.

그런데 원래 선비는 양반이나 지배층에만 있는 게 아니었어요. 고대 한국의 국시가 홍익인간이었기 때문에 당시엔 평민들도 선비 문화가 있었다고 보는 게 맞아요. 선비 문화의 뿌리인 한국 선도의 전통에는 선도 수행을 통해서 '개인의 완성'에 이르면 우주 만물과의 공존을 모색하고 나아가 '인류 전체의 완성'을 도모하고자 하는 실천적 정신이 있었어요.

서양문명에 대한 재평가

임마누엘 페스트라이쉬 그런 정신적인 전통이 있어서인지 18세기까지는 동양 문명이 서양 문명에 비해 훨씬 더 수준이 높았어요. 영국 사람, 프랑스 사람이 한국에 갔을 때 평민들이 사는 조그만 마을에도 책이 있다는 사실을 알고 놀랐다는 기록이 있어요. 양반이 아니어도 책을 보는 사람이 많았다는 거죠. 길도 깨끗하고 사람들도 잘 씻고 청결했어요. 서양의 18세기는 그렇지 않았어요.

사회 언제부터 역전이 된 거죠?

임마누엘 페스트라이쉬　　18세기 후반부터 유럽에서 증기기관, 철강 제작을 비롯해 세계적인 유통 시스템이 비약적으로 발달하면서부터 정반대가 됐어요. 그 전까지만 해도 영국보다 한국과 중국이 교육과 위생 수준이 높았고 행정 시스템도 뛰어났어요. 19세기가 되면서 과학기술의 급속한 발달이 격차를 만든 거예요. 그러니까 원래 문명의 차이가 있었던 것은 아니에요.

사회　　19세기 아편전쟁 때부터 격차가 크게 벌어졌다고 하셨죠?

임마누엘 페스트라이쉬　　그렇습니다. 아마 그때 동양에서는 대단한 충격을 받았을 거예요. 자기 자신을 잃어버릴 만큼. 동양문화 자체가 뒷전으로 밀려났어요. 서양의 군사력과 기술이 중국과 한국보다 압도적으로 우수했어요. 유럽은 계속 전쟁을 하면서 무기기술이 발달했지만 동아시아는 전쟁이 없이 평화로웠어요.

　만약 18세기에 동아시아에 전쟁이 벌어지면서 대포 같은 무기를 개발할 필사적인 필요성이 있었으면 오히려 이곳의 기술이 더 발전했을 수도 있어요. 전통 문화에 문제가 있었기 때문에 뒤처졌다고는 생각하지 않아요. 아무튼 과학기술의 급속한 발달로 지난 150년 동안 서양이 최고다, 서양화 해야 한다고 주장한 지식인과 정치인이 많았어요.

그런데 지금 와서 문명의 결과를 놓고 보면 동양이 옳았어요. 지금 우리는 서양문명의 끝을 보고 있어요. 석탄으로 출발해 석유로 정점에 이른 산업문명이, 아마존밀림까지 시장을 만들어버린 자본주의 문명이 심각한 기후변화, 사막화, 자본의 양극화, 인간의 고립, 극단적인 개인주의, 공동체 해체 등 수많은 문제를 양산하면서 추락하고 있어요.

사람들은 조선시대라고 하면 옛날에 못 살았던 과거라고 생각하지만 생태적인 관점에서는 오히려 그때가 더 선진적이고 미래지향적이라고 볼 수 있어요. 한국 문화의 핵심은 장기적인 데 있어요. 조선시대는 100년 앞을 내다보고 정책을 세웠어요.

요즘은 2년도 안 가잖아요. 다음 선거까지 갈까요? 옛 선비들은 낮에는 밖에 나가서 농사짓고 밤에는 집에 와서 책을 읽는 주경야독을 하면서도 정신적으로 궁핍하지 않고 만족했어요. 다산 정약용은 강진에서 20년 동안 그렇게 보냈어요. 영화도 안 보고 스마트폰도 안 봤지만 시대를 뛰어넘는 훌륭한 업적을 남겨요.

큰 건물도 없고 자동차도 없고 제대로 발전을 못 해서 실패라고 생각했던 동양문화가 오히려 지금에 와서는 무분별한 물질문명을 극복하는 대안이 되고 있어요. 청렴하고 청빈하면서도 홍익인간의 사고방식을 갖고 산 사람들이 바보처럼 보였을지 몰라도 결코 바보가 아니었어요. 100년 전과 지금은 완전히 정반대가 됐어요. 요즘은 진보적인 사람이 농사를 지어요. 지속가능한 발전에도 관심이 많죠. 과연 진정한 진보가 무엇인지 이 시점에서 문명의 재평가가 필요해요.

한국이 세계의
모범 국가가 되는 길

이승헌　네. 필요합니다. 앞으로 인류가 어떤 방향으로 갈 건가에 대한 롤 모델을 교수님은 정도正道를 걸었던 선비들을 통해서 보고 있군요. 선비정신이 이 시대에 새롭게 부활했으면 좋겠습니다. 풍류도나 선비정신은 모두 천지인을 하나로 보는 선도의 천지인 합일 사상에 그 뿌리를 두고 있어요. 선도는 근본적으로 대자연에 대한 사랑, 생명에 대한 사랑, 우주에 대한 사랑을 바탕으로 한 포용적 조화 사상인 홍익인간 사상을 담고 있습니다.

홍익인간 사상은 고대 한국이 국가를 운영하고, 공동체를 운영하고, 개인의 삶을 운영하던 중심 철학으로 사람들 속에 내면화되어 있었어요. 그래서 사회적으로 수준 높은 공동체 의식을 유지할 수 있었죠. 공자의 유교가 들어오기 전부터 이미 홍익정신을 바탕으로 한 공동체 의식과 효, 충, 도에 대한 윤리 의식이 있었는데 지금은 다 사라졌죠. 이제 다시 그 정신을 깨워내야 합니다.

사회　　한영우 교수가 퇴계나 율곡 등 조선의 유학자를 연구할 때는 그 사상의 뿌리가 어디서 왔는지를 제대로 알고 연구해야지 그렇지 않으면 중국 추종자만 있고 한국 유학자는 없다고 일침을 놓았어요.

한국인의 체질 속에는 유불선이 융합된 정신을 가지고 있기 때문에 조선의 유학자는 중국과 다른데 별 문제의식 없이 중국 것만 따르다 보면 진짜 우리 것은 없다는 거죠. 역사를 보는 관점이 얼마나 중요한지 느낄 수 있었어요.

임마누엘 페스트라이쉬　　한국의 선비정신과 홍익정신은 보편적 가치로 세계 어디든 다 통해요. 제가 만나는 외국인들도 여기에 다 공감합니다. 동양에서는 오랫동안 서양문화를 좇아왔지만 사실 미국에서는 서양문화에 문제가 많다고 생각해요. 오히려 동양문화에 매력을 느끼죠. 미국에서 동아시아학 하는 친구들이 그런 동경을 가지고 중국과 한국을 방문하는데 실제로 와보고는 많이 실망해서 돌아가요. 동양문화를 체험하고 싶어서 왔는데 어딜 가나 서양문화밖에 없다고 아쉬워하죠.

이승헌　　그렇습니다. 해외에서 한국식 명상이 인기가 있었던 것도 서양인들의 그런 정신적 갈증 때문이에요. 그들은 물질문명에 대한 한계와 정신적 공허감 속에서 삶의 의미와 내면의 가치를 찾고 있어요. 우리가 세계에 공헌할 수 있는 유일한 길은 우리가 가진 아름다운 정신문화에 있습니다.

백범 김구 선생이 말씀하신 것처럼 나라라는 것은 경제력은 먹고 살만 하기만 하면 되고, 군사력은 자신을 지킬 만하면 충분합니다. 대신 문화를 육성시켜 인의仁義가 충만하게 만들어 서로가 서로를 사람답게 만드는 세상을 실현하는 것으로 대한민국은 세계의 모범국가가 될 수 있습니다.

'지구시민'으로 살기

지구도 경영이
필요하다

사회　　이제 주제를 지구경영으로 가져오겠습니다. 총장님
은 최근 강연에서 지구의 미래는 생명존중을 바탕으로 한 지구
경영을 통해서만 바뀔 수 있다는 말씀을 하셨습니다. 우선 지
구경영이 무엇인지 간략히 여쭙겠습니다.

이승헌　　지구경영은 지구를 경영의 대상으로 보는 것입니다.
인류 역사상 어느 시대에도 지구경영을 이야기한 적은 없습니

다. 지구란 늘 그 자리에 있어 자원을 취득할 수 있는 대상으로만 인식해왔습니다. 산업문명과 자본주의 체제에서 지구는 자원을 취득하기 위한 약탈의 대상으로, 각종 오염물질을 버리는 쓰레기장으로 전락해버렸습니다. 지구의 위기는 곧 생명의 위기입니다. 이제 이 지구를 경영의 대상으로 보고, 지구를 먼저 생존 가능하게 하고, 다음으로 지구 위에 새로운 공존지향의 문명을 탄생시킬 수 있는 경영이 필요합니다. 그렇게 지구를 경영하겠다는 사람들이, 단체들이, 국가들이 나와주어야 합니다.

임마누엘 페스트라이쉬   기업경영이나 국가경영이란 말은 들어봤는데 지구경영은 생소합니다.

이승헌   환경경영이라고 하면 좀 쉬울지 모르겠어요. 지구경영은 지구 환경을 중심으로 본 경영, 자연경영이라고 할 수도 있겠군요. 지구경영, 환경경영, 자연경영 모두 같은 말인데 핵심은 사람이 그 안에 포함되어야 해요. 사람이 자연이고, 사람이 환경이고, 사람이 지구예요.

　우리는 작은 것을 가지고 다투지 지구처럼 큰 것은 자기 것이라고 생각하지 않아요. 지구경영은 지구에 대한 주인의식을 가진 사람들이 지구에 대해서, 지구상의 모든 생명에 대해서 무한한 애정과 사랑을 갖는 것, 그래서 마치 내 몸과 내 집을 관리하듯이 이 지구를 함께 보살피고 관리하는 것을 말합니다.

사회　　지구경영이 필요하다는 것은 알겠는데 너무 범위가 커서 나와는 좀 무관한 일처럼 느껴지기도 합니다.

이승헌　　지구라는 것은 굉장히 크게 보는 거예요. 지구의 미래를 생각하면서 하루하루를 산다는 것은 어쩌면 허황되게 들릴 수도 있어요. 뭐 나 살기도 바쁜데 귀찮고 골치 아프게 이런 일까지 신경 써야 하는가, 설사 내가 신경 쓴다고 해도 특별히 뭐가 달라지겠나 하는 생각이 들 수도 있어요. 어쩌면 그만큼 우리가 세상과 단절돼 있고 생명을 보고 느끼는 감각도 무뎌져 있다고 볼 수 있어요.

지구가 지금 어떤지, 이대로 가면 어떤 결과가 나오는지 너무나 많이 들어왔고, 그러한 징후를 우리 눈으로 직접 보면서도 아무런 느낌이 없는 무감각한 상태에 빠져 있는 거예요. 그

지구경영이라고 해서 너무 큰 것을 생각하기보다 각자의
일상생활 안에서 자연과 지구사랑의 참 의미를 되찾고,
그것을 우리가 살고 있는 삶의 공동체에
접목시키려는 노력이 필요해요.

런데 무관심이나 무감각 상태는 분노나 증오보다 더 위험해요. 무관심 속에는 질문도 없고, 반응도 없고, 교류도 없고, 창조도 없어요.

한번 생각해보세요. 아무도 관심을 갖고 경영을 하지 않는데 지구가 잘 될 리 없잖아요. 우리가 지구를 대하는 방식이 마치 관리인이 없는 공중화장실을 쓰는 것과 비슷해요. 누구나 사용할 권리는 있지만 청소할 책임은 못 느끼죠. 여러 사람이 함께 사용하니 금방 더러워지는 것은 불을 보듯 뻔해요. 결국 피해는 화장실을 쓰는 모든 이용자들에게 되돌아오죠.

지구경영이 굉장히 큰 개념이고 나와 무관한 것 같지만 그렇지 않습니다. 환경과 우리는 끊임없이 상호작용을 하고 있어요. 지구경영이 성공하기 위해서는 결국 우리 자신을 바꾸고, 우리 가정을 바꾸는 데서부터 시작해야 합니다. 거기서 생긴 힘으로 우리 사회와 지구를 더 살기 좋은 곳으로 바꿀 수 있습니다.

지구경영의 시작은
인성회복

임마누엘 페스트라이쉬　　그렇다면 지구경영은 지구 전체 차원뿐만 아니라 개인, 가정, 소그룹, 조직, 사회에서도 이루어져야 할 텐데 각각의 차원에서 어떻게 할 수 있을까요?

이승헌　　근본은 인성입니다. 개인과 가정과 사회가 조화로움과 균형을 찾기 위해서는 가장 먼저 인성이 회복되어야 합니다. 인성이 회복된 사람이라면 어디에서도 균형과 조화로움을 찾을 수 있습니다. 따라서 인성이 살아 있는 작은 단위의 관리가 필요합니다. 인성이 없는 소유, 지배, 명예, 권력, 돈은 개인도 불행하게 하고 전체도 불행하게 합니다.

《대학》에 '수신제가치국평천하修身齊家治國平天下'라는 말이 있어요. 첫 번째가 자신의 심신을 갈고 닦아 자신의 가치를 발견하는 수신修身이고, 두 번째가 가정을 돌보는 제가齊家입니다. 세 번째가 나라를 다스리는 치국治國이고, 마지막이 인류와 지구가 건강하고 행복하고 평화로운 세상이 지속 가능하도록 지구경영을 하는 평천하平天下입니다. 더 간단히 말하면 인성을 생각하면서 사는 게 수신이고 제가치국평천하입니다. 인성이 빠진 수신, 제가, 치국, 평천하는 의미가 없어요. 수신에서 평천하까지는 하나이고 모두 연결되어 있습니다.

임마누엘 페스트라이쉬　　주변에 안 좋은 영향을 끼치는 조직과 단체도 있습니다. 이런 환경은 어떻게 변화시킬 수 있을까요?

이승헌　　사람이 제외된 환경은 없습니다. 자신이 바로 환경이라는 자각이 중요해요. 자신의 인성이 바로 세워지면 거기서부터 변화가 시작됩니다. 한 사람 한 사람이 자기 인성부터 찾을 때 환경 개선도 가능해요. 그렇지 않으면 말로는 평화와 자연 환경을 앞세우지만 개인이기주의, 집단이기주의로 빠질 수밖에 없어요. 국가도 국민을 위한다고 하면서 기득권의 권력유지를 위해, 종교도 신자구원을 외치지만 종단유지를 위해서 존재하게 됩니다.

임마누엘 페스트라이쉬　　　지구 환경과 평화를 위한다는 똑같은 목표를 가지고 있어도 우리와 다른 생각을 하고 있는 단체와 조직도 많아요. 이들과는 어떻게 협력할 수 있을까요?

이승헌　　이 분야는 나보다 교수님이 더 전문가 아니에요? (웃음) 어떻게 하면 좋을지 한번 고민해보세요. 어차피 이 세상에 완벽한 사람과 완벽한 조직은 없어요. 그냥 신념을 가지고 열심히 하는 수밖에 없습니다. 세상에는 두 종류의 사람이 있어요. 분석하고 분별하면서 문제를 부각시켜 대립과 갈등을 야기하고 문제를 산더미처럼 키워서 문제해결의 힘을 쏙 빼버리는 사람이 있죠. 반대로 문제를 해결하기 위해 끊임없이 노력하는 사람도 있어요.

그런데 당장 뾰족한 대안이 안 보여도 문제를 해결하기 위해 노력하다 보면 희망이 생겨요. 이게 놀라운 점이에요. 또 인성이 회복된 사람은 자연스럽게 화합하려고 해요. 문제 해결을 위해 노력하기 때문에 갈등만 야기하지는 않죠. 어떤 사람이 많아지면 좋겠어요? 나는 모두가 행복해지는 시스템을 만들어보고 싶어요. 함께 인성을 회복시키려고 노력하는 좋은 사람들이 '지구경영'의 꿈을 가지고 움직일 때 이 세상은 분명히 더 좋아질 거예요. 그런 사람들이 모일 수 있도록 해주고 착하고 좋은 사람이 늘어날 수 있게 하는 단체, 시스템이 필요해요.

어떻게 하면
잘 놀 수 있을까?

사회　　교수님 질문을 듣다 보니 2000년도 UN에서의 총장님 일화가 생각납니다. 아주 유명한 일화인데요. 환경운동가 혜나 스트롱 여사가 유엔 대사들에게 총장님을 백 년 만에 한 번 나올까 말까 한 동양에서 온 도인이라고 소개하면서 묵직한 질문들이 쏟아졌죠?

이승헌　　네. 크게 세 가지 질문이었어요. 첫째, 어떻게 하면 인생을 잘 살 수 있습니까? 둘째, 어떻게 하면 종교간의 갈등을 해결할 수 있습니까? 셋째, 어떻게 하면 지구의 환경과 조화롭게 살 수 있습니까? 내게 질문을 던진 그들은 교육, 환경, 종교

등 각 분야에서 세계가 인정하는 전문가들이었습니다. 사실 그
들은 질문을 하면서도 내가 해법을 내놓을 거라고는 기대하지
않는 눈치였어요. 나는 질문이 끝나기를 기다리고 있다가, "질
문이 너무 쉽다. 좀 어려운 질문을 해달라"고 반 농담을 했어요.
사람들 눈이 휘둥그래졌죠. 나는 "모든 답은 하나다. 바로 잘 놀
면 된다"고 일러주었는데 전부 일어나서 기립박수를 보내더군
요. 아무도 이의가 없었어요.

임마누엘 페스트라이쉬　　잘 놀면 된다? 정말 너무 쉽게 말씀하
십니다. (웃음) 그런데 잘 놀려면 어떻게 해야 할까요?

이승헌　　먼저 자기 자신하고 잘 놀아야 합니다. 사람들은 자
기 자신하고 잘 놀지 못합니다. 그리고 자기하고 잘 노는 방법
도 모릅니다. 혼자 있는 것을 외로워하고 심심한 것을 힘들어
합니다. '뭐 좀 재미있는 게 없나' 하고 시선을 자꾸 외부로만 돌
리니 자기 자신을 만날 수 없어요. 엔터테인먼트 사업이 호황을
누리는 것도 그 때문이지요.

　　나는 혼자 있을 때 주로 내 몸을 도구 삼아 놉니다. 몸을 구

부렸다 폈다 운동을 하기도 하고 가만히 호흡에 집중해 들고 나는 숨을 지켜보기도 합니다. 이렇게 내 몸에 집중하다 보면 어느 순간 모든 생각이 끊어지고 아주 가볍고 평화로운 상태가 됩니다. 그때 생각과 감정 너머에 있는 자신의 영혼을 만날 수 있습니다. 자기 자신에 대한 가치를 새롭게 발견하게 되고 자기 자신을 존중하게 됩니다.

자신과 잘 놀고 이웃과 잘 놀기 위해서 무엇보다 '존중'이 필요합니다. 종교도 마찬가지입니다. 서로 존중하지 않기 때문에 잘 놀지 못하고 싸웁니다. 지구와도 마찬가지입니다. 우리에게 생명이 있듯이 지구에게도 생명이 있습니다. 우리를 존중하듯 지구도 존중해야 합니다.

그렇다면 우리가 상대를 존중하지 못하고 잘 놀지 못하는 이유는 무엇일까요? 그것은 우리 뇌 속에 잘 놀 수 없는 잘못된 정보가 있기 때문입니다. 평화로운 정보보다 에고ego에 바탕을 둔 이기적인 정보가 더 많기 때문입니다. 지금 우리가 겪는 지구 환경이나 평화의 위기는 조화의 원리를 잃어버리고 이기심과 개인주의에 빠지면서 생긴 거예요. 그러니 조화심을 찾고 조화의 원리를 회복하는 것이 지구의 환경과 평화를 실현하는 것이고 우리의 본성을 찾는 길입니다.

그런데 지구 환경 개선이나 평화는 한두 사람이 자각한다고 해서 실현되지 않아요. 이것을 실현하기 위해서는 이러한 자각과 선택을 어떻게 대중화하고 일반적인 상식으로 만들 수 있는지가 중요합니다. 그렇기 때문에 결국 지구경영이 제시하는 방법론의 중심은 교육일 수밖에 없어요.

지구경영은
누가 하나?

임마누엘 페스트라이쉬　　어떤 교육을 말씀하십니까?

이승헌　　이 지구와 자신을 둘러싼 주변 환경을 느낄 수 있는 교육, 교감할 수 있는 교육을 말합니다. 그동안 지식을 외우고 경쟁하는 교육만 하다 보니까 느낄 수 있는 감각이 거의 퇴화됐어요. 아주 어릴 때부터 부모가 앞장서서 건강을 지키는 습관이나 지구 환경이나 자연에 대한 교육을 해야 해요. 그렇게 교육을 받고 자란 아이들은 자기를 사랑할 줄 알고 지구를 진심으로 걱정하는 지구시민이 될 수 있습니다. 이런 교육이 가정에서부터 행해질 때, 지구를 중심으로 한 새로운 철학과 새로운 세계관은 현실적인 힘을 가질 수 있어요. 나는 천안 사람이고, 충청도 사람이고, 한국 사람이고, 아시아 사람이고, 이렇게 나누는 데서 벗어나 나는 지구 환경과 하나이고 나는 지구시민이라는 전체적인 의식을 가질 때 생각의 변화가 오고 지구의 미래도 좋은 쪽으로 갈 수 있습니다.

사회　　　모든 변화의 시작은 '나로부터'라는 데 동의하면서도 한편으로는 전 지구적인 문제는 좀더 영향력이 있고 권력을 가진 리더들의 몫이 크지 않을까 하는 생각을 해봅니다. 대다수의 사람들이 자기 삶에 빠져서 환경에 대한 각성을 못 하더라도 걸출한 리더들이 나타나 모범을 보이고 사람들을 이끌어간다면 훨씬 더 빨리 변화하지 않을까요? 여기에 대해 교수님 의견을 듣고 싶습니다.

임마누엘 페스트라이쉬　　　아마 많은 사람들이 그런 기대를 하겠죠? 지구경영은 뭐 높은 자리에 있는 정치인이나 교수, 전문가들이 담당해서 항상 걱정하고 뭔가 정책을 내놓을 거라고 생각하는데 사실 착각입니다. 정치인도 전문가도 교수도 돈과 관련되거나 자신의 지위를 확고히 하는 데 필요한 일만 하지 무슨 지구를 운영하고 경영하는 것에 대해서는 거의 고민하지 않습니다. 저도 교수지만 사회적 지식인으로서 역할을 하려다 보면 현실적인 장벽에 부딪히곤 합니다. 언제부턴가 학구적인 학식은 사회에 대한 봉사와는 전혀 관계가 없는, 특정 목표를 달성하면 금전적인 포상이 주어지는 일이 되고 말았어요.

사회　　　그래도 교수님은 세계적인 지성입니다. 전세계의 리더 클래스와 만날 기회도 많으실 텐데 그런 자리에서 지구 환경이 처한 위기나 대책을 놓고 열띤 토론이나 담론을 하지는 않나요?

임마누엘 페스트라이쉬　　　아직 제 주변에는 없어요. 물론 비슷한 생각을 하는 사람들이 있지만 실천까지는 못 가요. 머릿속에서는 '이대로 가면 우리의 미래가 어렵다, 이렇게 하면 안 된다'는 것을 알고 있지만 딱 거기까지죠. 아는 것과 행하는 것이 일치하지 않을 때 오는 불편함이 있어요. 아마 많은 교수님들이 그런 불편함을 느끼고 있을 거예요. 저도 마찬가지예요. 머릿속에서 끊임없이 싸움이 일어나요. 마음 속에서 들리는 거룩한 목소리도 있지만 또 한편으로는 내년에 얼마를 벌어야 우리 아이들을 좋은 학교에 보낼 수 있을 텐데 하는 현실적인 목소리도 있어요. 그 목소리가 크죠. 집사람은 좋은 대학교 나와서 돈은 조금밖에 못 버는 남편이 문제가 많다고 생각해요. 맞아요. 하지만 제가 옳다고 생각하는 일을 해야죠. 비록 높은 자리에 있지는 않지만 그래도 올바른 생활을 보여주고, 많은 사람들에게 좋은 아이디어를 제공해주면서 주위에 선한 영향을 끼치고 싶어요.

지구를 진심으로
걱정하는 사람이 '지구시민'

이승헌   이렇게 불편한 진실을 고백하는 학자가 필요한 거예요. 만약 지구경영이 이익을 내는 거라면 서로 하려고 달려들겠죠? 하지만 지구경영은 이익을 내기 위해서 추구하는 경영이 아니에요. 지구경영은 이익이 안 되지만 생존을 위한 경영이고, 공존을 위한 경영이며, 인류의 미래 세대를 위한 경영이에요.

그러니 무엇보다 진짜 지구를 걱정하는 사람들이 모여야 되는 경영입니다. 지구에 문제가 생기면 진심으로 걱정을 하는 사람들이 바로 지구시민입니다. 지구시민이 모였을 때 진짜 답이 나와요. 내가 바뀌지 않으면 어느 누구도 바뀌지 않는다는 주체적인 자세로 우리 사회와 지구의 문제를 함께 고민하고, 이를 생활 속에서 실천하는 지구시민이 많아질 때 진정한 변화가 일어날 수 있습니다.

임마누엘 페스트라이쉬　　지구경영이라고 해서 너무 큰 것을 생각하기보다는 오히려 각자의 일상생활 안에서 자연과 지구사랑의 참 의미를 되찾고, 그것을 우리가 살고 있는 삶의 공동체에 접목시키려는 노력이 필요합니다. 대부분의 사람들이 좋은 정책, 좋은 지도자, 좋은 정치인이 있다면 세상이 바뀐다고 생각하는데 저는 정반대예요. 아주 욕심 많고 이기적인 사람이 대통령을 하더라도 일반 시민이 건강한 의식이 있다면 대통령도 어쩔 수 없이 따라가요.

미국에 재미있는 사례가 있어요. 70년대 닉슨 대통령의 업적을 보면 환경문제나 여러 가지 복지 제도와 정책에서 지난 50년 동안 가장 잘했다고 평가할 수 있어요. 그런데 닉슨 개인은 착하거나 좋은 사람이 아니었어요. 돈도 많았고 자기권력도 상당히 많이 악용했죠. 그 당시 사회나 그런 문화권 안에서는 그렇게 할 수밖에 없었어요. 그래서 저는 특정 지도자에게 기대하지 말고 우리가 할 수 있는 좋은 습관부터 시작하자고 말하고 싶어요.

사소하고 작은 일이
변화를 만든다

사회　　　좋은 습관이란 구체적으로 어떤 것인가요?

임마누엘 페스트라이쉬　　　건강을 위해서 명상이나 단전호흡 같은 수련을 하거나, 자기 뇌를 위해서 뇌교육을 하거나, 환경을 위해서 육식을 줄이거나 하는 것도 좋은 습관입니다. 동시에 홍익인간 정신을 가지고 만나는 모든 사람을 존중하는 것도 대단히 중요합니다. 우리 사회의 빈부격차는 하루아침에 해결할 수 없지만, 우리의 태도를 친절하게 바꿈으로써 사람들의 사고 방식에 변화를 줄 수 있어요.

저는 식당에 가면 음식을 만들어준 사람에게 인사하고, 청소하는 사람에게도 반드시 인사를 합니다. 우리가 일상에서 사용하는 것, 먹는 것, 입는 것에는 모두 다른 사람들의 소중한 땀이 있어요. 아무리 많은 교육을 받고, 책 속의 지식을 외고 있는 사람이라도 자신을 위해 흘리는 땀을 외면하는 것은 그 가치를 이해하지 못하는 거예요.

거리를 깨끗하게 치워주는 사람들이나 공공기관에서 일하는 사람들, 심지어 멀리서 보이지 않는 힘을 보태는 사람들까지 모두 우리가 사는 세상이 제대로 굴러가도록 도와주는 사람들이에요. 이런 이웃들을 항상 존중하고 감사하는 마음을 갖는 습관을 갖는 것이 새로운 정책보다 훨씬 더 효과가 높다고 믿어요. 사실 그동안 정책이 부족했던 게 아니에요. 지난 50년간 대한민국에서 통과된 법 안에 어쩌면 모든 문제해결 방안이 다 들어 있어요. 하지만 실천하지 않고 먼지 속에 잠자고 있어요. 결국 한 사람 한 사람의 의식이 바뀌어야 해요.

이승헌　　　그렇습니다. 정책이나 시스템이 있어도 그것을 실행할 사람의 의지가 없으면 무용지물이 되고 말죠. 지구경영의 이상은 높게 갖되 실천은 한 걸음부터입니다. 생각은 크게 하면서도 행동은 작고 치밀하게, 정직하고 검소하게, 성실하고 책임감 있게 해야 합니다.

사람들은 대개 자신이 매일 하는 일은 작고 하찮다고 느껴요. 집에서 밥하는 일이 지구와 뭔 상관이 있냐고 생각합니다. 그런데 사소하게 느껴지는 이런 작은 일들이 지구의 환경과 미래와 다 관계가 있어요. 그걸 느낀다면, 또 느끼게 해줄 수 있다면 이건 대단한 거예요. '지구경영을 위해서 나는 지금 밥을 짓는다. 지구경영을 위해서 나는 지금 아이들을 가르친다. 지구경영을 위해서 나는 청소를 한다.' 이런 큰 마음을 가질 때 사람이 달라져요.

그런데 너무 경쟁, 경쟁 하다 보니까 사람들 안에 있는 그런 거룩하고 순수한 마음이 다 사라졌어요. 당장 먹고 살기 위해서 지금 이 일을 한다고 생각하면 사람의 가치가 떨어질 수밖에 없어요. 지구경영을 위한 목표가 있을 때 일상의 모든 것이 가치 있게 변해요.

'나는 지구와 하나'라는 자각을 가진 사람들을 중심으로 '내 몸의 건강은 내가 지키자'는 쪽으로 생활문화운동이 일어났으면 좋겠어요. 자녀들 건강문제도 무조건 병원에다 맡기는데 부모라면 아이들 몸의 균형이 맞는지 안 맞는지 정도는 알아야 돼요. '어? 너 자세가 틀려졌다. 다리 길이도 양쪽이 다른데?' 하면서 비뚤어진 자세를 교정해주는 게 수학이나 영어를 가르치는 것보다 중요해요.

개인이 행복해지기 위해서 이런 교육이 진짜 필요해요. '내 몸은 내가 지키고 내 가정은 내가 지킨다. 자연 환경도 전문가만 바라보는 게 아니라 우리가 지킨다.' 이런 방향을 선택하고 실천하는 게 지구시민운동이에요.

진정한 건강과 행복은
우리 안의 자연을 회복할 때 저절로 찾아옵니다.
자신이 자연과 분리되어 있지 않다는 것을 느끼면
지구의 건강까지 함께 보살피게 됩니다.

공동체 의식과
나눔의 철학

사회   지구시민운동은 나로부터, 가정에서부터 그리고 좋은 습관에서부터 시작하자, 이렇게 요약할 수 있겠네요.

이승헌   그렇죠. 일상을 바꾸기 위해서는 근본적이면서 가벼운 것부터, 수신修身에서부터 시작해야 합니다. 그런데 그 수신은 전체와 연결된 수신입니다. 건강에도 상대적인 게 있고 절대적인 개념이 있어요. 가령, 나만 잘 먹고 잘 살려면 쌀을 100가마니를 쌓아놔야 해요. 그런데 전체 건강에서 보면 내가 그만큼 쌓아놓으면 다른 사람들이 굶어 죽으니까 쌓아놓았던 것도 다 풀어서 같이 나눠먹어요. 그 사람들이 죽으면 결국 나도 죽게 될 거라는 걸 아는 거예요. 그게 공동체 의식이죠.

    그런 공동체 의식이 일부는 남아 있어요. 빌 게이츠나 워런 버핏, 최근에는 페이스북 창립자인 저커버그까지 미국의 재벌들은 자기가 모은 많은 재산을 사회에 환원하는 걸 아주 자연스럽게 생각해요. 또 이런 기부 문화가 '나만 잘 먹고 잘 살면

된다'는 쪽으로 흘러갈 수 있는 미국식 자유주의에 균형과 조화를 만들어주고 있어요. 그들이 그렇게 흔쾌히 큰 재산을 내놓을 수 있는 바탕에는 노블레스 오블리주(사회 고위층 인사에게 요구되는, 높은 수준의 도덕적 의무)의 전통이 있어요. 사회 지도층으로 당당하게 대접받기 위해서는 명예(노블레스)만큼 의무(오블리주)를 다해야 한다는 철학이 불문율처럼 작동하고 있죠.

반면에 한국의 재벌들은 사회환원보다 자녀상속을 선택하는 경우가 대다수죠. 자식뿐만 아니라 손자녀까지 대를 이어 상속하면서 '금수저를 물고 나온다'는 말까지 생겼어요. 재벌이나 상류층 인사들의 도덕성과 사회적 책무가 뒷받침되지 않으면 금수저 논란을 비롯해 우리 사회의 갈등과 분열은 더 심화될 수밖에 없어요.

임마누엘 페스트라이쉬　　과거 한국에도 노블레스 오블리주 전통이 있었습니다. 경주 최부잣집이 대표적인데 최씨 집안은 조선 후기 10대에 걸쳐 약 300년 동안 만석꾼의 부를 유지했어요. 그 비결로는 다음과 같은 6가지 가훈이 전해집니다. 첫째, 과거를 보되 진사 이상은 하지 마라. 둘째, 재산은 1만 석 이상 갖지 마라. 셋째, 과객은 후하게 대접하라. 넷째, 흉년에는 땅을 사지 마라. 다섯째, 며느리들은 시집온 후 3년 동안 무명옷을 입어라. 여섯째, 사방 백 리 안에 굶어 죽는 사람이 없게 하라. 또한 1년 동안 농사로 벌어들인 소득의 3분의 1은 손님 접대나 이웃을 위해 베풀었다고 합니다. 그렇게 베풀고도 300년간 부를 유지한 걸 보면 그들은 공동체 의식에 기반한 나눔의 철학을 통해 지혜로운 경영 비법을 체득하고 있었던 것 같습니다.

이승헌　　사람은 누구나 좋은 사람을 존경합니다. 최부자 가문의 마지막 부자였던 최준도 지혜롭고 좋은 사람이었습니다. 그는 '재물은 분뇨와 같아서 한곳에 모아 두면 악취가 나 견딜 수 없지만, 골고루 사방에 흩뿌리면 거름이 되는 법이다'라는 금언을 평생 잊지 않고 살았다고 해요. 일제시대에는 독립운동 자금으로, 광복 후에는 대학교 설립에 모든 재산을 바치고 평범한 시민으로 돌아갔지요. 최부잣집처럼 좋은 부자가 되려면 경제적으로 이윤을 창출하는 일뿐만 아니라 지역주민들과도 좋은 관계를 유지하고 사회적으로, 윤리적으로도 신뢰할 수 있는 사람이 되어야 합니다. 사회적 책임을 다하는 존경받는 기업은 지속적인 성장과 부를 유지할 수 있어요.

요즘은 우리나라도 기부 문화가 여러 형태로 활성화되고 있어요. 꼭 고액의 기부가 아니더라도 적은 금액의 기부 활동을 하는 시민들이 많아지면 그만큼 우리 사회가 더 밝아지고 건강해지지 않겠어요? 나는 7년 전에 '1달러의 깨달음' 운동을 제안한 적이 있어요. '1달러의 깨달음'은 한국에서는 1천 원, 미국(해외)에서는 매월 1달러씩 기부하여, 그 기금으로 지구 환경개선과 인간성 회복 그리고 기아구호와 문맹퇴치를 위해서 쓰이도록 하는 운동입니다. '한 사람은 한 생명을 구할 수 있고, 1억 명은 세상을 구할 수 있다'는 캐치프레이즈로 미국과 일본, 영국을 비롯한 전세계 10개국에서 현재 30만 명이 참여하고 있어요. 비록 적은 금액이지만 지구 문제에 관심을 가진 많은 시민들이 지속적으로 함께 하고 있다는 게 중요해요.

지구시민으로서의
사회적 책무

사회　　　네. 최근에는 온라인으로도 기부를 할 수 있는 캠페인과 프로모션이 많이 늘어나 기부문화가 자연스럽게 확산되는 것 같아요. '1달러의 깨달음 운동'에 대한 이야길 듣다 보니 사회적 책임도 시대마다 조금씩 달라지는 걸 느껴요. 앞으로 우리 시대가 요구하는 새로운 책임이라면 '지구시민으로서의 사회적 책무를 얼마나 의식하고 실천하느냐'가 아닐까요? 글로벌화된 사회에서 지구 공동체에 대한 책임과 역할을 다하며 양식 있는 지구시민으로 살아가기 위해서는 어떤 노력이 필요할까요?

임마누엘 페스트라이쉬　　　근본적으로 교육이 변해야 합니다. 지구시민 의식을 함양하기 위해서는 교육이 단순한 지식 축적에 머물 게 아니라 아이들이 세상의 흐름을 읽고 변화를 인지할 수 있도록 다양한 학습 기회를 제공해야 합니다. 그것은 지식만으로 이루어지지는 않습니다. 예술 활동이나 봉사, 다양한 문학적인 기초를 다짐으로써 더 나은 미래사회로 나아갈 수 있도록 도와야 합니다. 그러한 활동을 통해 세상의 이면을 읽고 복잡한 구조를 이해할 수 있는 능력을 키운다면 나만의 이기적인 세계가 아니라 모두가 조화를 이룬 세계를 볼 수 있습니다. 또 그런 교육을 통해 글로벌 리더를 양성할 수 있습니다.

진정한 리더는 다른 사람들이 감히 엄두를 내지 못하는 일이라도 도덕성으로 무장하고 용기와 상상력을 겸비한 사람들입니다. 지금 우리가 리더라고 말하는 사람은 경제, 정치적인 지위에 지나지 않아요. 지위에서 우위에 있다고 해서 다 리더는 아닙니다. 우리에게는 진정한 지도자가 필요해요. 지구시민으로서 사람들 사이의 새로운 시스템과 새로운 관계를 설정하고 앞으로 나아갈 수 있도록 정신을 리드하는 지도자, 이러한 지도자를 육성하기 위한 환경을 만들어야 합니다. 부모가 먼저 선생이 되어 모범을 보이고 스스로 좋은 환경이 되어야겠지요.

이승헌 　 그렇죠. 교육이 중요합니다. 그 중에서도 우리 안에 있는 자연과의 연결을 회복하는 교육이 가장 중요해요. 생명의 존귀함을 알고 모든 것에 귀한 생명이 존재한다는 것을 진실로 깨닫게 되면 자기 자신을 존중하고, 다른 사람도 존중하고, 모든 생명을 존중하는 인성을 갖게 됩니다. 자연은 모든 인위적인 가치, 인간이 만든 가치 이전에 존재했던 거예요. 정치, 경제, 종교, 학교, 제도나 시스템이 있기 전부터 우리 안에 존재해왔던 것, 그게 우리 안에 있는 자연스러운 생명의 감각이고 리듬입니다. 그것이 자연치유력이고 인성이고 양심이에요.

진정한 건강과 행복은 우리 안의 자연을 회복할 때 저절로 찾아옵니다. 자신이 자연과 분리되어 있지 않다는 것을 알고 느끼면 단지 자기 한 몸의 건강이 아니라, 다른 사람, 자신이 속한 공동체, 더 나아가 인류와 지구의 건강을 함께 보살피게 됩니다. 과학기술이나 경영 기법이 아니라, 이러한 마음이 지구경영의 핵심입니다. 이런 마음으로 지구를 돌보는 사람이 지구시민입니다.

지구경영을
구상하게 된 계기

사회　총장님께서는 지구경영에 대한 구상을 언제부터 해오신 건가요?

이승헌　모악산에서의 대각 체험 이후, 두 가지 모습의 지구를 보면서부터였어요. 아주 또렷한 영상이었죠. 두 개의 영상을 간단한 단어로 표현하면 하나는 '평화', 하나는 '참혹한 파멸'이었어요. 지금 이대로 나아간다면 머잖아 맞이하게 될 인류 공멸의 끔찍한 광경은 너무 참혹해서 말로 옮길 수가 없습니다. 나더러 자신의 문제나 걱정하지 왜 지구 전체를 걱정하느냐고 할지 모르지만, 지구와 인류의 운명이 내 개인의 운명으로 절절하게 다가오는 것만은 나도 어쩔 수 없었어요.

　지구의 운명을 바꿀 만한 특별한 능력도, 가진 것도 없었지만 나는 지구의 운명을 바꾸는 일을 내 사명으로 선택할 수밖에 없었습니다. 그날 이후 지금까지, 눈을 뜰 때나 감을 때나 내 머릿속에는 항상 '이 지구를 어떻게 바꾸지?' '어떻게 좋은 지구를 만들지?' 하는 생각밖에 없어요. 그러다가 지구도 경영을 잘 해야 모든 인류가 행복해지겠구나 싶어서 '지구경영'이라는 개념도 만들게 되었습니다. 비록 한 개인이 꾸기엔 너무나 큰 꿈이지만 나에게도 꿈 꿀 권리는 있으니까요.

임마누엘 페스트라이쉬　네, 누구나 꿈을 가질 수 있는 권리가 있죠. 헌법에서 보장하고 있어요. (웃음)

이승헌　그런데 사람들이 그런 선택을 안 하잖아요. 그런 얘기를 하면 부모도 "네가 지금 지구 걱정할 때야? 빨리 시험공부 해"라고 말하죠. 그런데 지구 걱정을 한다고 시험공부를 못하는 건 아니에요. 지구를 생각하면서도 놀 수 있고, 지구를 생각하면서도 만화책을 볼 수 있고, 지구를 생각하면서도 공부를 할 수 있어요.

사회　심리학에서 최고의 상담자는 '공감을 잘 하는 사람'이라는 이야길 들은 적이 있어요. 누가 내 마음을 정확히 알아주기만 해도 병이 다 낫는다고 해요. 그런 관점에서 보면 총장님은 지구와 완전히 공감이 된 상태로 느껴집니다. 만약 모든 사람들이 총장님처럼 지구와 하나가 될 수만 있다면 세상의 모든 문제가 다 해결되고 가장 이상적인 사회가 될 것 같은데 실제로 그런 일을 기대하기는 너무 어려운 것 같아요. 저를 비롯한 대부분의 사람들은 '지구는 지구고 나는 나'로 분리해서 느끼니까요. 지구경영이 성공하려면 이런 분리된 감각을 회복하는 게 관건일 텐데 가능할까요?

분리된 감각을 회복하는
체험 교육

이승헌　　네, 가능합니다. 감각이 개발되면 누구나 지구와 내가 하나라는 것을 느낄 수 있어요. 얼마나 깊이, 오래, 지속적으로 느끼느냐의 차이가 있을 뿐이죠. 실제로 뇌교육 수업을 받은 아이들은 지구의 아픔을 그대로 느껴요. 아이들의 수련 나눔을 듣고 선생님이 깜짝 놀라기도 하죠. 또 감각이 깨어나면서 자신이 어떤 생각을 하느냐에 따라 에너지 상태가 달라지는 것도 즉각 알아차려요.

　부정적인 생각을 하면 에너지 상태가 낮아지고, 긍정적인 생각을 하면 에너지가 고양되는 것을 느끼기 때문에 누가 시키지 않아도 긍정적인 생각과 감정을 추구하게 되죠. 뇌교육은 지구인의 정신, 홍익의 철학을 관념이 아닌 몸의 감각을 통해 느끼고 전달할 수 있는 체험적이고 종합적인 교육이에요. 가장 좋은 인성교육이고, 가장 좋은 환경교육이며, 가장 좋은 영성교육이라고 할 수 있지요.

　뇌교육을 하는 아이들한테 항상 해주는 이야기가 있어요. "네가 이 세상에 태어난 이유는 21세기 지구가 간절히 너를 원했기 때문이야. 너는 지구가 필요로 해서 태어났어." 처음에는 '무슨 지구까지나?'라고 생각하죠. 그런데 계속 이야기하다 보면 어느 순간에 '그래, 나는 지구를 위하는 사람이야.' 하고 받아들여요. 나이가 어릴수록 쉽게 받아들이죠. 청소년 시기도 중요해요. 지구에 대한 생각을 함으로써 자기 자신에 대한 가치를 갖게 되고, 긍정적인 자아정체감을 확립할 수 있어요. 또 지구와 하나되는 체험을 통해 소통하는 힘과 배려심도 키울 수 있습니다.

임마누엘 페스트라이쉬　　　저도 뇌교육에 관심이 많습니다. 그런데 일반 초등학교에 가보면 뇌교육을 하지 않아요. 교사가 수업에 들어가기 전에 아이들에게 뇌 구조가 어떻게 생겼는지 설명도 해주고, 호흡이 뇌와 학습에 어떤 영향을 주는지도 알려주고, 실제로 호흡하는 연습을 시킨 뒤에 공부를 하면 아이들도 훨씬 더 집중을 잘 할 텐데 그런 준비과정 없이 곧바로 수업에 들어가요. 왜 일반 학교에서는 뇌교육을 가르치지 않나요?

이승헌　　　일반 학교에서 모든 아이들에게 뇌교육을 가르치는 것은 나의 간절한 바람이기도 합니다. 어릴 때부터 아이들이 자신의 뇌를 느끼고, 뇌의 컨디션을 조절하면서 자기가 원하는 꿈을 계속 키워갈 수 있다면, 또 그런 평화로운 뇌를 가진 아이들이 서로 협력해서 좋은 세상을 만들 수 있다면 얼마나 행복할까요? 뇌교육의 많은 효과 사례에도 불구하고 현재는 해피스쿨 협약을 맺은 학교에서만 방과 후 수업으로 뇌교육을 실시하고 있어요.

　참 아이러니하게도 뇌교육도 국내보다 해외에서 더 인기가 많아요. 일례로 엘살바도르에서는 교육부가 전 학교에 뇌교육을 보급하기도 했어요. 처음에는 시범적으로 4개의 학교에서 가장 심각한 학생 20명을 대상으로 뇌교육을 실시했는데 학생들의 정서조절력, 자아존중감이 모두 높아지면서 교육부에서 주목하게 됐어요. 학업을 중단하려던 학생이 공부에 열성을 보이고, 폭력과 마약, 범죄가 사라지고 면학 분위기가 조성되면서 엘살바도르 교육부 장관이 직접 우리나라에 뇌교육 원조를 요청한 거예요.

2013년에는 청소년멘탈헬스 심포지엄에서 엘살바도르의 글로리아 뮬러 교장이 해외사례 발표자로 나와서 큰 감동을 주기도 했어요. 뇌교육이 학생들만 변화시킨 것이 아니라 교사도 변화시키고, 엘살바도르 교육계 전체가 바뀌고 있다는 것을 생생하게 들려주었죠. 이것은 한국의 전인교육 프로그램의 첫 외국 원조사례로 뇌교육의 새로운 가능성을 보여준 사건이에요.

선진국이라고 해서 교육 문제가 없는 건 아니에요. 뉴욕에서도 150개가 넘는 학교에서 뇌교육의 효과를 체험하고 있고, 애리조나주에서도 6개 차터스쿨에서 교사들이 뇌교육 과정을 이수해 학생들에게 가르치고 있어요. 뇌교육은 한국뿐만 아니라 유엔 경제사회이사회의 공식자문기구인 국제뇌교육협회를 통해 미국, 일본, 중국, 영국, 엘살바도르 등 총 16개국 300만 명 이상에게 전달되고 있어요.

꿈을 찾는 일 년, 벤자민인성영재학교

임마누엘 페스트라이쉬　정말 대단하군요. 외국에서 교육 원조를 요청할 만큼 성과를 거둔 교육 모델인데 한국에서는 왜 소극적인지 이해가 안 됩니다. 총장님은 한국이 처한 교육 현실에서 뇌교육이 어떤 기여를 할 수 있다고 보십니까?

이승헌　아이들에게 잃어버린 꿈과 자기 자신에 대한 가치를 찾도록 도와주죠. 많은 사람들이 자신감을 잃어버린 채 살고 있어요. 유치원 때는 꿈도 크고 하고 싶은 것도 많은데 초등학교, 중학교, 고등학교를 거치면서 꿈이 계속 작아지다가 대학을 졸업할 무렵에는 '취직이라도 좀 했으면 좋겠다'로 바뀝니다. 환경에 적응하며 살기에도 너무 바쁜 거죠. 꿈도 없고 자신의 가

"한국이 처한 교육 현실에서 뇌교육이 어떤 기여를 할 수 있죠?"
"아이들에게 잃어버린 꿈과 자기 자신에 대한 가치를 찾도록 도와주죠."

치도 잃어버리고 나면 삶이 허무해집니다. 나의 의미와 가치는 사라졌는데 환경이 나에게 요구하는 것만 있으니 다 스트레스가 되죠.

어른, 아이 할 것 없이 자존감이 사라진 사회에 살고 있어요. 이 문제를 어떻게 해결할 수 있을까요? 나는 그 답이 '뇌'에 있다고 생각합니다. 뇌는 우리가 가진 최고의 자산이고 보물입니다. 우리 뇌에는 무한한 창조력이 있습니다. 그 창조력을 활용해서 자신의 가치와 꿈을 찾고 더 건강하고 평화로운 지구를 만드는 데 기여하기 위해 뇌교육을 만든 것입니다.

임마누엘 페스트라이쉬　　아, 그래서 벤자민인성영재학교(이하 벤자민학교)를 세우신 거군요. 1년 동안 학교 밖에서 꿈을 찾는 아이들의 스토리를 주위에서 많이 들었습니다. 최근에는 언론에도 자주 소개가 돼서 관심 있게 봤어요. 그런데 학교명을 벤자민으로 하신 특별한 이유가 있습니까? 실은 제 아들 이름이 벤자민입니다. 할아버지도 벤자민이셨어요. 그래서 더 친근하고 반갑습니다.

이승헌　　　그렇잖아도 교수님 인터뷰 기사에서 아드님 이름을
보고 깜짝 놀랐어요. 벤자민 프랭클린은 내가 제일 존경하는
인물입니다. 잘 아시겠지만 벤자민은 스무 살을 전후해 '인격완
성'을 삶의 목적으로 삼고, 겸손, 절제, 침묵, 정의 등 13가지 덕
목을 매일 점검하면서 평생에 걸쳐 실천했습니다. 어려운 환경
에서도 끊임없이 자기계발을 했고, 삶의 목적을 돈이나 명예, 권
력이 아닌 인격완성에 뒀기 때문에 글로벌 인성영재의 모델이라
고 보고 그의 이름을 땄습니다. 국내에도 존경할 인물이 많지만
내년 일본에 벤자민학교를 개설하는 것을 필두로 미국, 유럽 등
지로 글로벌화할 것을 겨냥해 교명을 지었습니다.

임마누엘 페스트라이쉬　　　벤자민학교는 어떻게 운영하는지, 뭘
배우는지 자세히 말씀해주시겠습니까?

이승헌　　　벤자민학교는 아주 독특한 학교예요. 1년 과정의 대
안학교인데 정해진 교과과정 같은 것이 전혀 없어요. 5무無 학교
라고 학교 건물, 교과 선생님, 교과 수업, 시험, 성적표가 없어요.
대신 각계각층의 멘토가 1천여 명 있습니다. 1년간 시험을 안 보

니까 아이들도 마음이 급하지 않아요. 급하지 않으니까 자기 자신에게 집중할 수 있습니다.

물론 처음에는 아이들이 굉장히 혼란스러워 합니다. 기존의 학교 환경을 완전히 떠나서 스스로 무엇을 할지 계획하고 실행해야 하기 때문입니다. 그런데 2~3개월이 지나면 이제 스스로 할 일을 찾기 시작해요. 약 6개월이 지나면 자신의 꿈을 실행하기 위한 구체적인 프로젝트를 스스로 짭니다.

영화감독의 꿈을 갖고 단편영화를 촬영하는 학생도 있고, 어떤 학생들은 그룹을 짜서 서울에서 부산까지 국토대장정을 하기도 합니다. 이렇게 스스로 자기의 꿈을 실행하기 위한 프로젝트를 기획하고 실행하는 과정에서 멘토들의 도움을 받아요. 또 스스로 정한 프로젝트를 하나하나 완성해가는 경험을 통해서 아이들은 자기 자신에 대한 확신과 자신감을 갖게 됩니다. 스스로에 대한 존중과 자신감, 이것은 평생을 갑니다. 이것이 운명을 바꿔요. 벤자민학교는 청소년들에게 자신의 가치와 꿈을 찾게 해주고 그 꿈을 실현하도록 도와주기 위해 만든 학교입니다.

희망의 교육

아일랜드의 운명을 바꾼
혁신적 아이디어

사회　　외국에도 벤자민학교처럼 1년간 쉬면서 자신의 꿈을
탐색하는 학교들이 있나요?

임마누엘 페스트라이쉬　　네. 아일랜드가 가장 대표적이죠. 이
나라에는 학교교육 과정 중에 전환학년제라는 게 있어요. 매우
특이하면서도 효과적인 프로그램이죠. 학생들은 고등학교 2년
을 마친 뒤 3학년 과정에 들어가기 전에 1년 동안 전환학년을

보낼 수 있는데, 학생들이 자유롭게 신청할 수 있어요.

이 기간에 많은 학생이 학업과 관련된 학습도 하지만 이것보다는 사회봉사 프로그램이나 사회참여활동 등에 더 많이 참여합니다. 이를 통해 자신의 사업을 구상하기도 하고, 사회 기업가 정신을 학습하기도 하고, 언론이나 학술적 연구 활동에 참여하기도 합니다. 물론 이러한 프로그램을 신청하지 않고 3학년에 바로 올라가서 대학입시를 준비하는 이들도 있습니다. 그러나 이러한 프로그램이 학생들에게 매우 긍정적인 영향을 미친다는 사실은 여러모로 확인되고 있어요.

사회　　아일랜드 학생들의 긍정적 사례에는 어떤 게 있을까요?

임마누엘 페스트라이쉬　　예전에 아일랜드 교수님 한 분을 인터뷰하면서 자녀들 이야기를 들은 적이 있어요. 큰아들은 이 기간에 연극활동에 적극적으로 참여해 조명일을 배웠고, 딸도 이 기간에 신규 회사 설립 과정에 참여해 일했다고 합니다. 둘 다 이때 얻은 사회적 책임과 경험을 매우 의미 있게 생각한다고 전환학년제에 적극적인 지지를 표현했다고 해요. 아들의 체험담도 아주 인상적이었는데 옮기면 이렇습니다.

"대학교에 가기 전에 누군가 잠시 나를 그 과정에서 꺼내어 시간을 준다는 것은 매우 중요한 의미가 있었습니다. 그러한 시간과 활동이 경험이 되어 생각의 깊이가 더해졌고 좀더 폭넓고 깊은 사고를 하게 되었습니다. 외부 시스템에 끌려가는 것이 아니라 나 자신이 왜 공부해야 하는지, 배움의 가치가 무엇인지, 나를 어떻게 관리해야 내가 목표한 바를 향해 끊임없이 달릴 수 있는지 등을 깊이 고민하게 되었습니다."

이러한 이야기만으로도 이 프로그램이 세상에 대해 더 폭넓게 사고하고 더욱 성장하게 한 것이 틀림없다고 느끼게 됩니다. 이것은 결국 기존 교육 시스템에서 그들이 배우고 느낄 수 없었던 것을 배울 기회를 주었고, 또 이것을 통해 진정한 배움과 교육의 의미 그리고 가치를 스스로 깨우치게 된 것이라고 볼 수 있습니다.

이승헌   정말 훌륭한 정책입니다. 유럽 최빈국으로 손꼽히던 아일랜드가 1990년대부터 고속성장을 하며 부국이 된 것도 이러한 교육정책의 영향이 컸다고 들었습니다.

임마누엘 페스트라이쉬　　　네. 아일랜드는 1970년대까지만 해도 유럽에 유일하게 입시학원이 존재할 정도로 대입 경쟁이 치열했어요. 당시엔 지금의 한국과 비슷한 교육문제도 안고 있었죠. 그러다가 1974년에 교육부 장관인 리처드 버크가 혁신적인 아이디어를 냈어요. 아이들이 성적 부담에서 벗어나 '내가 어디 있는지', '무얼 하고 싶은지' 여유롭게 생각할 시간을 주자는 취지로 전환학년제를 제안한 거예요.

이승헌　　　아일랜드 정부가 성공한 걸 보면 교육정책의 얼개를 아주 치밀하게 짠 것 같아요. 사실 정책이 아무리 좋아도 교육은 학교 혼자서는 할 수 없습니다. 오랫동안 뇌교육을 보급하면서 느낀 게, 교육이 성공하려면 학생들 교육 못지않게 가정교육, 부모교육이 중요하다는 거예요.

임마누엘 페스트라이쉬　　　맞아요. 아마 교육 관계자들이라면 다 공감할 거라고 봅니다. 실제로 교육정책에서 많은 부분은 가정교육과 연계해 고민해야 합니다. 정부는 가정, 사회, 환경 부분까지 고려해서 교육정책을 세워야 합니다. 한국도 과거에 비해 여성의 사회참여 비율이 높아져서 이제 이들을 위한 정책적 지원도 절실합니다. 일례로 아일랜드에서는 아이들의 가정교육을 보완하는 정책을 도입하려고 노력하고 있습니다.

정책적 접근에 앞서
철학적 접근을

사회　　우리나라도 아일랜드 전환학년제를 벤치마킹해 2016년부터 전국 모든 중학교에서 자유학기제를 전면 시행한다고 합니다. 1년은 아니고, 한 학기 동안이지만 학생들은 시험과 성적이 없는 꿈 같은 시간을 맞이하게 됩니다. 저는 학생들이라면 다 좋아할 줄 알았는데 이것도 호불호가 나뉜다고 하네요. 자유학기의 취지와 방향은 수긍하면서도, 대학입시 제도가 여전히 지식 암기 위주라 성적 저하에 따른 불안함이 있다고 해요.

이승헌　　　벤자민학교 학생들을 보면 그게 기우라는 걸 알 수 있어요. 학생들 중에는 1년 과정을 마치고 검정고시를 거쳐 대학에 바로 진학하거나 취업을 하기도 하고, 다시 학교로 복학을 하기도 해요. 그런데 복학생들을 지켜보면 예전보다 성적이 더 좋아져요. 이유는 간단합니다. 자기가 왜 공부해야 하는지 목표가 분명하거든요. 공부나 과제에 대한 집중력이 높아질 수밖에 없어요.

임마누엘 페스트라이쉬　　　교육에 변화를 이끌어내기 위해서는 어떤 제도나 정책적 접근에 앞서 철학적 접근이 필요해요. 학생 하나하나는 물론 그들이 속한 공동체 그리고 더 넓게는 사람과 사람의 관계로까지 확대해야 합니다.

　근본적인 변화를 만들어내는 것이 어려운 것은 어떤 정책보다 부모나 행정가, 정치인들이 변화의 필요성에 동의하면서도 정작 내 아이를 위한 변화만 생각하기 때문이에요. '내' 아이만을 위한 변화가 아니라 '우리' 아이를 위한 변화가 중요합니다. 한국에서는 내 아이를 위한 부모의 마음 때문에 사교육 시장이 비정상적으로 거대해졌고, 미국에서는 내 아이를 위한 부모의

교육에 변화를 이끌어내기 위해서는
너와 내가 경쟁하면서 '결과를 평가받는 교육' 시스템에서,
너와 내가 함께하는 과정에서
'배움을 완성하는 교육'으로 방향을 틀어야 합니다.

마음 때문에 지역별 학교 수준이 비정상적으로 양분되었어요.

우리가 직면하고 있는 냉혹하고 철저히 개인중심적인 사회 문제를 해결할 첫걸음은 너와 내가 경쟁하면서 '결과를 평가받는 교육' 시스템에서, 너와 내가 함께하는 과정에서 '배움을 완성하는 교육'으로 방향을 틀어야 가능합니다. 이건 제가 한 말이 아니고 교육 철학자이신 피터 헤르삭 교수님 말씀입니다. 사회 변화는 지금 이 순간, 이 사회를 구성하는 개개인의 변화에서 시작되어야 한다고 강조하셨죠.

이승헌　　　동감입니다. 동서양을 막론하고 교육 문제에 대한 인식은 참 비슷하다는 것을 느낍니다.

명문대 합격의
특별한 비결

사회　　　교수님도, 총장님도 모두 교육자이시다 보니 교육에 대한 접점이 가장 많은 것 같습니다. 이번에는 교수님께 질문을 드리겠습니다. 교수님은 한국의 학부모와 학생들이 가장 부러워하는 세계적인 명문대를 나오셨는데 그런 명문대에서 인재를 뽑는 기준은 단지 성적만은 아닐 거라고 봅니다. 어떻게 명문대에 들어가셨는지 궁금합니다.

임마누엘 페스트라이쉬　　한국에 살면서 학생과 학부모들에게 자주 받는 질문입니다. 미국의 아이비리그 대학에 합격할 수 있는 비결을 알려달라는데 참 난감해요. 명문대 입학에 필요한 특별한 노하우가 뭔지, 합격하기 위해 필요한 SAT점수가 몇 점인지, 봉사활동이나 특별활동이 어떻게 점수화되는지, 또 논술시험에 대처하는 요령 등 모든 것을 숫자로 얘기해주기를 원하죠.

　이 모두가 나로서는 참 난감한 문제가 아닐 수 없습니다. 내가 입학한 지도 벌써 30년이 훌쩍 지났으니 입시 조건들도 다 바뀌었을 테고, 게다가 마치 군사작전을 방불케 하는 한국의 입시전략 같은 것은 있지도 않은 데다 얘기해봐야 너무 싱거워서 오히려 무성의하다는 비난만 듣기 십상이죠. 다만 내가 분명히 말할 수 있는 것은 그때나 지금이나 변하지 않는 것들입니다. 이것은 예일대, 하버드대 등 아이비리그가 목표인 학생들 뿐만 아니라 자라는 모든 청소년들에게 똑같이 적용되는 것입니다.

사회　시대가 지나도 변하지 않는 공통된 부분이 뭔가요?

임마누엘 페스트라이쉬　고등학교 과정을 돌아보면 학교공부와 특별활동 그 어느 것 하나도 서로 분리돼 있지 않았어요. 나에겐 과학이나 철학, 수학, 건축, 화학실험, 문화, 토론, 천문학, 글쓰기 같은 모든 활동들이 서로 긴밀한 유기체처럼 하나로 연결되어 있었어요. 과학적 지식은 문학적 상상력으로, 다양한 독서는 사물의 현상과 본질이 다르다는 철학적 고민으로 나타났고, 건축은 또 과학적 기초 위에 문학적 숨결을 불어넣는 예술행위라고 생각했어요. 우주의 생성 과정과 천체의 관측들도 마찬가지입니다. 학창시절 이 같은 모든 탐구활동들은 곧바로 창의적인 글쓰기로 연결되었어요. 고등학교 3년 내내 전 과정의 일상이 그랬습니다.

　특히 과학은 나에게 수많은 호기심을 불러일으키는 원천이었어요. 이 세상의 근원에 대해 고민하고 모든 물질과 에너지의 흐름에 대해 자세히 이해할 수 있게 했죠. 그 흐름은 자연스럽게 나를 더 깊은 세계로 파고들도록 채근했어요. 결국 그 열망을 충족시키기 위해 '화학클럽'에 들어가 관찰과 실험을 통해 물질의 근원과 그 특성을 찾고, 또 '천문학클럽' 활동을 통해 하늘의 별과 행성의 움직임을 연구하면서 그 근원과 넓은 우주라는 광활한 미지의 세계를 탐험했죠. 이런 클럽활동을 통해 자연스럽게 뜻이 잘 맞는 특별한 친구들을 선물처럼 얻게 되었죠.

이승헌　　한국의 대다수 학생에게는 아득히 먼 이야기입니다. 당장 학교수업과 방과 후 교실, 학원수강에 모든 시간을 빼앗기고 있죠. 이야길 듣고 자극을 받아도 실행에 옮기기가 쉽지 않을 거예요.

임마누엘 페스트라이쉬　　네. 맞습니다. 그래도 한국의 고등학생들에게 누차 당부하고 싶은 게 있어요. 바로 인문고전 독서와 표현력을 기르라는 점입니다. 자기 표현력은 언제 어디에서나 중요하다는 것을 거듭 확인하고 있어요. 말과 글이 곧 그 사람의 품격이기 때문입니다. 하지만 그것은 단기간에 이루어지지 않아요. 다양한 독서와 꾸준한 글쓰기가 뒤따르지 않으면 자신의 지식을 5%도 드러내지 못합니다. 아는 것을 아는 만큼 말과 글로 표현할 수 있다는 것, 그것은 곧 창의적 사고의 출발점이기도 합니다.

사회　네. 명문고, 명문대 입학에서는 전공과목이나 교과목 공부 못지 않게 인문적 독서와 에세이에 많은 비중을 둔다는 이야기를 들었습니다. 저는 교수님이 고전문학 전공자인데 어떻게 정치, 외교, 군사, 과학 같은 다른 분야까지 글을 쓰고 활동할 수 있는지 늘 궁금했는데 오늘 그 의문이 풀렸습니다. 학창 시절부터 워낙 다방면에 관심이 많으셨고 다양한 활동을 하셨군요.

임마누엘 페스트라이쉬　네, 복이 많게도 저는 좋은 환경에서 자랐습니다.

부모님이 물려준
최고의 선물

사회　　　책에 보니 교수님의 부모님도 아주 탁월한 분이셨더 군요.

임마누엘 페스트라이쉬　　　어릴 때는 어려운 책 읽기를 권하는 할머니 영향을 많이 받으며 성장했어요. 일곱 살 때 소설과 시를 쓰기도 했고, 건축이 하고 싶어 취미로 건축 그림도 많이 그렸어요. 아버지는 저의 예일대 선배인데 열여섯 살에 하버드대와 예일대를 동시에 합격하셨죠. 의학을 전공했지만 파리로 떠나 전혀 다른 음악예술 분야로 방향을 전환해 샌프란시스코의 교향악단을 거쳐 지금은 바로크 필하모니 관현악단의 책임자로 계시죠. 아버지는 늘 자신의 분야에서 출중한 분이셨습니다.

　어머니도 그랬습니다. 어린 시절에는 어머니가 집에서 절 돌봤기 때문에 그렇게 똑똑한 분이라고 생각하지 않았어요. 어머니는 파리통역대학원을 졸업한 인재였고, 미들베이 칼리지에서 프랑스문학으로 석사학위를 받았죠. 하지만 재능은 미술에 있었어요. 나중에 화가가 돼 꽤 유명세를 탔고, 전시회도 많이 열었어요.

사회   교수님은 탁월한 유전자를 타고나신 거군요. (웃음)

임마누엘 페스트라이쉬   부모님의 영향을 부인할 수 없죠. 그런데 이런 집안사를 이야기하다 보면 혹 오해를 할까 염려가 되기도 해요. 내 아버지 어머니가 어떤 대학을 나와 무슨 성취를 이뤘다는 말을 하고 싶은 게 아니에요. 이 분들은 자신의 분야에서 최선을 다했고 그 모습 자체가 저에겐 교육이었어요.
그리고 하나 더 중요한 사실이 있어요. 바로 공부할 수 있는 환경의 조성이죠. 아버지도 할머니처럼 늘 저에게 제 수준보다 높은 책을 보게 하셨어요. 이해가 되지 않으면 함께 고민해줬죠. 또 음악회나 박물관을 데리고 다니면서 학습자료는 책에만 있는 것이 아니라 주변환경에도 많다는 것을 알려주셨어요. 또 당신이 하고 있는 일에 대해서도 저와 상의했는데 저를 '작은 어른'으로 보고 조언을 구하기도 했어요. 이런 점이 제 자긍심을 키웠다고 생각해요.

어머니는 늘 집에서 저와 함께 책을 읽고 그림을 그리셨어요. 어머니는 인도에서 산 적이 있는데 인도 이야기를 자주 해주셨고 인도 요리도 만들어 먹었어요. 서양 사람들은 동양 사람들을 한 수 아래로 보는 경향이 있는데, 어머니는 다른 문화가 배울만한 가치가 있고 다른 문화지역에서 사는 것은 큰 축복이라는 이야기를 자주 해주셨어요. 그래서 제가 여러 나라를 돌아다니며 사는지도 모르겠어요. 저의 진짜 복은 학식이 높은 부모님을 만난 것보다 제 일상 하나하나를 학습할 수 있는 환경으로 만들어준 부모님이 있다는 거예요.

이승헌　　교수님의 자녀 교육법이 고스란히 부모님으로부터 온 거군요.

임마누엘 페스트라이쉬　　네. 그렇습니다.

모든 아이들이 자존감과 자신감을 회복해 자기가 가진
잠재력을 무한대로 펼칠 수 있는 날이 어서 왔으면 좋겠습니다.
교육이 바뀌면 대한민국이 바뀝니다.
그만큼 교육의 방향이 중요해요.

진흙 속에 핀
연꽃

사회   이제 총장님 이야기로 넘어오겠습니다. 벤자민학교 설립 배경에는 청소년 시절, 총장님의 체험이 큰 계기가 되었다고 들었습니다. 그 이야기를 들려주시겠습니까?

이승헌   나는 교수님과 달리 암흑 같은 성장기를 보냈어요. 어떤 것에서도 의미를 찾지 못했고, 나 자신을 쓸모 없는 존재라고 여겼어요. 내 머릿속에는 온통 '나는 누구지? 내가 이 세상에 온 이유는 뭘까? 왜 사는 거지?'라는 물음밖에 없었어요. 공부도, 대학 진학도 내겐 의미가 없었어요. 어떤 희망도 갖지 못한 시절이었습니다. 공부를 안 했으니 당연히 대학교도 떨어졌어요. 두 번을 낙방하고 삼수를 할 때 고향으로 내려왔는데 고향에서의 그 1년이 벤자민학교의 슬로건인 '꿈을 찾는 1년'이 된 거예요. 학비도, 선생님도, 교과서도, 숙제도, 시험도 없었지만 그 시간 동안 나는 진짜 나를 찾았어요. 그래서 벤자민학교도 최소한 1년 정도의 시간은 필요하다고 생각했죠.

고향으로 내려왔을 당시 나는 환영받을 만한 입장이 아니었어요. 부모님은 장남인 내게 기대가 컸는데 완전 집안의 골칫거리가 돼버린 거예요. 나를 좋아하는 사람이 아무도 없는 것 같았죠. 마치 환청처럼 마을 사람들도, 친척들도 다 수군수군 내 흉을 보는 것 같았어요. 모든 게 절망스러웠어요.

부모님께는 차마 말씀을 못 드렸지만 내 마음 속에서는 대학 진학을 거의 포기했기 때문에 아침에 일어나도 특별히 할 일이 없었어요. 그날도 동네를 배회하며 걷고 있었는데 우연히 다리 밑에 있는 쓰레기더미를 보게 됐어요. 악취가 나는 그 쓰레기더미를 물끄러미 바라보는데 '저게 바로 내 모습이구나' 하는 생각이 들었어요. 그 쓰레기가 나로 보였죠. 그러자 쓰레기가 너무 불쌍하게 느껴졌어요. 그래서 '저 쓰레기에게 어떻게 하면 희망을 줄까?' 이런 엉뚱한 생각을 하게 된 거예요.

임마누엘 페스트라이쉬   쓰레기에게 희망을?

이승헌   네. 나한테 희망을 줄 생각은 못 하고 쓰레기한테 투사했죠. 어떻게 희망을 줄지는 금방 답이 떠올랐어요. 여기 두면 그냥 아무 쓸모 없는 쓰레기지만 쓰레기를 모아서 뒷산 공터에 구덩이를 파고 묻으면, 이건 거름이 될 수 있겠다, 그 생각을 한 거예요. 거름 알죠?

임마누엘 페스트라이쉬　　네.

이승헌　　옛날 시골에서는 돼지새끼도 죽으면 다리 밑에다가 그냥 다 버렸어요. 청소하는 사람도 따로 없었어요. 큰 비가 한 번씩 오면 싹 씻겨 내려가는 거예요. 그러니까 빗물이 자연청소부인 셈이죠.

임마누엘 페스트라이쉬　　옛날에는 위험한 쓰레기도 없었어요.

이승헌　　그렇죠. 화학쓰레기는 아니니까. 쓰레기도 장소를 이동하면 가치가 달라지는 거예요. 여름이면 쓰레기더미에서 악취가 진동을 해서 마을 사람들은 가까운 길도 에둘러 다녔어요. 그 쓰레기를 치워서 거름을 만들면 쓰레기에게도 희망이지만 나에게도 또 마을에도 좋은 일이 될 거라고 생각했어요. 족히

100년은 묵은 오물이니 거름으로는 아주 훌륭했죠.

그때부터 나는 머릿속으로 어떤 순서로 일을 할지 그림을 그렸어요. 쓰레기를 옮기려면 먼저 뒷산 공터에 구덩이를 파야 해요. 그것도 냄새가 안 나게 아주 깊이. 그 다음엔 거기까지 쓰레기를 운반해야 해요. 운반한 쓰레기는 구덩이에 파묻고, 그 위에 호박씨를 뿌리고, 다시 그 위에 흙을 덮어주는 거예요. 그렇게 계속 반복하면 되는 일인데 몇 차례 오물을 퍼날라 부어 보니 구덩이가 100개는 있어야 한다는 결론이 나왔어요.

난생 처음 해보는 지게질에 어깨가 모두 까지고 피멍이 들었죠. 너무 힘들고, 남은 일이 아득해 보였지만 포기하자는 생각 같은 것은 전혀 들지 않았어요. 어머니는 아들이 지게질을 하며 피멍이 드는 걸 보고 통곡을 하며 말리셨지만 나는 아랑곳하지 않고 아침이면 변함없이 지게를 지고 나섰어요. 영영 끝이 안 날 것처럼 아득하기만 했던 일도 결국 끝이 나더군요. 100년 묵은 거름을 쓴 호박들은 여름내 무럭무럭 자랐어요. 얼마나 많이 심었던지 야산 전체가 호박을 잔뜩 지고 있는 것처럼 보였죠. 그렇게 심고 수확한 호박은 온 동네가 다 나누어 먹고도 엄청 남아서 동네 소들까지 한 철 내내 호박을 먹고 살아야 했어요. 그래도 야산에는 따지 못한 호박이 여기저기 뒹굴고 있었죠.

임마누엘 페스트라이쉬   쓰레기에서 거름으로, 거름에서 호박으로, 호박에서 다시 새로운 어떤 것으로 끊임없이 창조가 일어나는 것은 경제 시스템이 시작되는 원리와 아주 비슷해요. 그런데 호박을 심으면서 무엇을 느꼈어요?

이승헌   처음으로 내 가치를 발견했고 자신감이 생겼어요. 그전에는 내가 쓸모 없는 사람처럼 느껴졌는데 그 일을 하고 난 뒤로 '나는 좋은 사람이야'라는 자긍심과 '나는 쓰레기도 거름으로 만들고 거름으로 호박도 만들 수 있어. 나는 내가 원하면 뭐든지 할 수 있어'라는 자신감이 생겼어요. 사실 그 전에는 한 번도 보람 있는 일을 해본 적이 없어요. 학교에서 학생이 공부를 잘 해야 보람이 있는데 공부를 안 했으니까 칭찬받을 일도 없었죠. 그리고 늘 부모님께 학원비를 타 썼고, 그 학원비로 만화책이나 보면서 노는 데 다 써버렸으니까 진짜 가치 없는 사람이란 생각이 들었죠.

그런데 쓰레기를 치우고 났더니 나도, 세상도 조금씩 달리 보이기 시작했어요. 그 일 이후, 부모님의 염원대로 대학에 가기로 마음먹고 평생 처음으로 스스로 공부를 시작했어요. 쓰레기를 치우는 동안 마음이 많이 안정이 됐는지 원래 3분도 못 앉아 있는데 대학을 가겠다고 목표를 딱 정하고 나니까 8시간을 앉아 있을 수 있었어요. 그래서 남은 6개월간 열심히 공부해서 서울보건전문대학 임상병리과에 입학했어요.

임마누엘 페스트라이쉬　　　예. 목표가 있으면 합니다.

이승헌　　　남들은 어떻게 볼지 모르지만 당시 나의 이력과 실력으로는 야간전문대에 들어간 것도 기적 같은 일이었죠. 대학에 들어가서는 학비를 벌기 위해 낮에는 조그마한 태권도장을 열어서 아이들을 가르치고 밤에는 학교를 다니는 생활을 했어요. 나중에는 단국대학교를 다시 편입해서 체육교육학과를 나왔어요. 그때부터 나는 선택하면 이루어진다는 것을 안 거예요.

임마누엘 페스트라이쉬　　　그 순간이 너무 중요해요.

이승헌   그렇죠. 우리는 선택하는 대로 살 수 있고, 그 삶의 의미까지도 스스로 만들 수 있어요. 나는 옳은 일이면 바로 움직여요. 지금도 '내가 하려는 이 일이 옳은가?' '이 사회에 필요한가?' 그것만 중요해요. 옳은 일이고 필요한 일이면 바로 해요. 그동안 내가 해온 일들은 남들이 다 무모하다고, 안 된다고 반대한 일들이에요. 대학을 세우고, 현대 단학과 뇌교육이라는 학문을 만든 것도 그냥 했어요.

왜냐하면 그건 내 안에서 들리는 본성의 소리였고, 깨달음을 통해서 나온 소리였으니까 다 반대해도 신념이 있었죠. 그 일을 하는 것이 내 존재의 의미이고 내 삶의 가치인데 포기할 수 없잖아요. 지구경영도 필요하니까 하는 거예요. 지구경영으로 인류의 불행을 행복으로 바꾸어 놓을 수만 있다면 그것은 옳은 일이잖아요. 옳은 일은 해야죠. 그것이 내 본성의 대답이에요.

내가 늘 나한테 하는 이야기가 있습니다. '나에게 내일은 없다. 나는 지금밖에 존재하지 않아. 그러니까 지금 할 수 있는 일은 바로 지금 하자.' 이게 습관이 되다 보니 딴 사람이 10년 할 일을 1년이면 해요. 35년을 쭉 이렇게 하다 보니까 지금과 같은 하나의 역사가 만들어진 거예요. 요즘 더 많이 느끼죠. 우리 뇌는, 자기 자신을 믿어주기만 하면 정말 엄청난 일을 할 수 있구나, 하고.

임마누엘 페스트라이쉬　마치 진흙 속에서 연꽃이 핀 것 같습니다. 참기 힘든 고통이나 괴로움, 시련 속에는 어쩌면 연꽃처럼 아름답고 향기로운 존재로 변화시키는 놀랍고도 신비한 힘이 숨겨져 있는지 몰라요.

교육이 바뀌면
대한민국이 바뀐다

이승헌　그렇습니다. 그때 내가 쓰레기를 치우고 호박을 수확하면서 느꼈던 그 감동을 지금은 벤자민학교 아이들이 그대로 이어가고 있어요. 청소년기에 1년 정도는 자신을 성찰하면서 자신의 가치를 발견하고, 자기 적성에 맞는 꿈과 목표를 찾는 기회를 가질 필요가 있어요.

임마누엘 페스트라이쉬 　　벤자민학교 학생들 스토리를 들어보면 가장 많이 나오는 얘기가 '나는 괜찮은 사람인 것 같다' '내가 진짜 소중한 사람이라는 것을 알았다' '자신감이 생겼다' '내가 뭘 잘 하는지 찾았다' 이런 이야기들이에요.

이승헌 　　네. 벤자민학교 설립자로서 가장 보람을 느끼는 부분이기도 합니다. 자기 자신에 대한 존중, 자존감이 살아날 때 인성과 창의력이 발휘됩니다. 자존감은 시험 성적과도 관계가 없어요. 공부를 못해도 자존감이 있는 아이들이 있고, 공부를 잘해도 자존감이 떨어지는 아이들이 있어요. 교수님이 지적한 것처럼 뇌교육이 공교육에 들어가서 모든 아이들이 자존감과 자신감을 회복해 자기가 가진 잠재력을 무한대로 펼칠 수 있는 날이 어서 왔으면 좋겠습니다. 대한민국 교육이 바뀌면 대한민국이 바뀝니다. 그만큼 교육의 방향이 중요해요.

임마누엘 페스트라이쉬 　　네. 학교 성적이나 대학입시에 집착하는 교육에서 벗어나 홍익인간 정신을 담은 교육을 유치원부터 시작해야 합니다. 유치원에서부터 아이들에게 자신뿐 아니라 주변 사람, 사회, 국가, 전세계의 환경, 평화 등 여러 가지 문제에 대해 생각하도록 가르쳐야 합니다.

홍익인간 정신이 한국 교육의 기반으로 자리 잡으면 현재 한국 교육이 가진 장점, 즉 좋은 교과서와 높은 수준의 선생님 그리고 뜨거운 교육열과 긍정적으로 합쳐져 세계에서 선례를 찾기 힘든 훌륭한 교육 시스템을 만들 수 있습니다. 또 이것이 성공하면 세계를 위한 새로운 교육법으로 제시할 수도 있습니다. 물질이 아닌 인간의 가치를 중시하고 모두를 위한 마음을 추구하는 홍익인간 정신을 가르치는 교육이야말로 물질만능시대라 불리는 현대 사회의 한계를 극복할 훌륭한 대안이 될 만합니다.

내면의 불안은
나를 모르는 데 있다

이승헌   아주 백 프로 동감합니다. 우리는 이 지구에 잠깐 머물다 언젠가는 천지자연으로 돌아가게 됩니다. 이 지구에서 우리가 할 일은 홍익밖에 없습니다. 그런데 홍익하는 삶을 살기 위해서는 무엇보다 자신의 내면이 평화로워야 합니다. 내면이 평화롭기 위해서는 영혼이 건강해야 합니다. 영혼이 건강하다는 것은 바로 자기 자신이 누구인지를 명확히 알고 있는 상태입니다. 그것은 자신의 이름이나 지위를 안다는 뜻이 아닙니다. 자신이 누구인지 알고, 무엇을 위해, 무엇을 하며 살아야 하는지도 알아야 합니다. 그것을 알고 있다면 마음이 평화로울 수 있습니다. 그 평화로운 상태가 바로 영혼의 건강입니다. 우리가 겪는 모든 내면의 불안은 그것을 모르는 데서 오는 것입니다.

사회 자기 자신이 누구인지 알려면 어떻게 해야 하나요?

이승헌 많은 방법이 있는데 뇌교육에서는 명상의 하나로 '자기 뇌와 대화하라'고 권합니다. 아주 간단합니다. 스스로에게 끊임없이 질문을 던지는 것입니다. 나는 누구인가, 하고 진지하고 강렬하게 자기 뇌에게 묻는 거예요. 그것이 잠에서 깨어나는 방법입니다.

북미 인디언의 전통에는 어른이 되기 위한 통과의례로 '신명

神命 탐구'라는 걸 합니다. 신명탐구란 혼자 들이나 산이나 동굴에 가서 며칠 동안 단식하고 기도하며 내가 누구인지, 왜 이곳에 왔는지, 그리고 해야 할 일이 무엇인지 신에게 묻고 그 답을 찾아가는 과정을 말합니다.

우리가 단군설화로 알고 있는 곰과 호랑이의 이야기도 고대 우리 조상들이 해온 신명탐구를 보여주는 것입니다. 곰과 호랑이가 동굴에 들어가 21일간 쑥과 마늘만 먹으며 사람이 되게 해달라고 기도를 합니다. 결국 힘든 수행을 잘 견딘 곰은 사람이 될 거라는 신명을 받았고, 호랑이는 중도 포기를 했지요.

깨달음은 환상적인 그 무엇이 아닙니다. 단지 자신의 본성本性이 말하는 소리에 귀를 기울이고 그것을 인정하는 법만 익히면 되는 것입니다. 그것은 누구나 할 수 있는 일이에요. 그래서 자신을 건강하게, 행복하게, 평화롭게 만들고, 더불어 남의 건강과 행복과 평화에도 관심을 갖는 그런 사람이 되기만 하면 되는 것입니다. 그런 사람으로 가득 찬 세상이 5천 년 전 단군할아버지가 말씀하신 홍익인간弘益人間 이화세계理化世界입니다.

임마누엘 페스트라이쉬　　아까 총장님께서 본성의 소리라고 하셨는데 구체적으로 본성이 뭔가요?

이승헌   정신세계를 설명하려면 굉장히 관념적이어서 모르는 말이 됩니다. 그래서 저는 뇌로 설명합니다. 뇌교육의 관점에서 말하면 본성이란 사람들의 머릿속에 있는 부정적인 정보, 거짓된 정보, 생각과 삶을 혼란으로 이끄는 잘못된 정보가 없는 뇌, 자기 자신을 믿는 맑고 깨끗한 뇌를 말합니다. 거기서 들리는 소리가 본성의 소리입니다.

임마누엘 페스트라이쉬   네, 독창적인 해설이네요. 무슨 말씀인지 이해가 갑니다. 저는 어제 세계상상환경학회 국제학술대회에 다녀왔어요. 한국고대 선도에 대한 발제도 있었습니다. 이쪽으로는 제 전공이 아니라 잘은 모르지만 고대의 전통에는 하늘과 직접 교류하고 소통하는 영적인 문화가 있었던 것 같습니다.

최고의 기쁨은
완성의 기쁨

이승헌　　그렇습니다. 선도문화가 샤머니즘화되면서 신명탐구도 무당이 될 사람만 하는 어떤 특별한 의식으로 변질됐는데 이 탐구는 누구나 해야 합니다. 그 수행의 과정을 통해서 천부경에서 얘기하는 '인중천지일人中天地一'을 체험할 수 있습니다. 사람과 땅과 하늘이 하나이듯 이 세상의 모든 존재가 하나로 연결되어 있다는 것을 깨닫고, 그 깨달음을 실천한 사람은 천화할 수 있습니다. 최치원 선생이 얘기하는 풍류도에 천화라는 게 있는데 혹시 천화에 대해 들어보셨습니까?

임마누엘 페스트라이쉬　　천화?

이승헌　　네, 천화仸化의 천은 하늘 천에다 사람 인 자를 붙입니다. 사람이 하늘이 됐다는 거예요. 하늘은 영원한 것을 뜻합니다. 영혼이 육체에 갇혀 살다가 무한한 자유를 얻은 것을 천화라고 합니다. 영혼이 완성된 사람만이 천화를 할 수 있어요.

그래도 희망은 있습니다. 물질이 아닌 인간의 가치를 중시하고
홍익정신을 기르는 교육이 있다면 물질만능시대라 불리는
현대 사회의 한계를 충분히 극복할 수 있습니다.

가장 높은 경지의 죽음을 말합니다. 영혼의 완성을 위해서는 홍익하는 삶을 살아야 합니다. 다시 말해 공적인 일, 많은 사람에게 도움을 주는 삶, 자연에게 뭔가 도움을 주는 일을 해야 됩니다.

그동안 인류는 기쁨을 향해 달려왔습니다. 그 기쁨을 돈에서, 성공에서, 권력에서 얻으려고 했어요. 하지만 그 기쁨들은 필연적으로 누군가는 이기고 누군가는 지는, 누군가는 얻고 누군가는 잃는, 누군가는 밟고 누군가는 밟히는 처절한 경쟁을 통해서 나오는 것들입니다. 그 경쟁이 인간성을 파괴했습니다. 단적으로 말한다면 인류사는 그러한 경쟁을 동력으로 한 인간성 파괴의 역사였다고 볼 수 있습니다.

나는 이 모든 기쁨의 우위에 '완성의 기쁨'을 놓습니다. '완성'이란 자기 내면의 본성을 발견하고, 그 본성의 목소리에 귀를 기울이고, 그 진실된 목소리를 온전히 따르는 삶을 살았을 때 이르는 최고의 행복 상태를 말합니다. 완성은 희비가 엇갈리는, 승부가 있는 경쟁을 거칠 필요가 없습니다. 내가 완성되기 위해서 누군가의 패배나 실패, 복종을 필요로 하지 않아요. 나와 남이 함께 완성되는 일이 가능합니다. 모두가 완성을 향해 갈 때에도 누군가를 쓰러뜨릴 생각을 할 필요가 없습니다. 그러므로 지구 환경을 회복하자, 인성을 회복하자는 말은 완성을 추구하는 삶을 살자는 말과 같은 뜻입니다.

임마누엘 페스트라이쉬 　　네. 그래서 총장님께서 벤자민 프랭클린을 존경하고 좋아하시는 거군요.

이승헌 　　그렇습니다. 성공하고 돈 벌고 권력에 자꾸 의지할 게 아니고 삶의 목표를 벤자민 프랭클린처럼 인격완성에 두고 그것을 추구하는 사람들은 당당하게 죽을 수 있습니다. 절망의 죽음, 두려움의 죽음이 아니라 찬란한 죽음을 맞이할 수 있어요. 그렇게 하려면 자기만을 위한 이기적인 삶을 살지 말고 모두를 위한 삶을 살아야 합니다. 그럴 때 죽음도 떳떳하고 당당하게 맞이할 수 있어요. 이게 원래 한국의 선도 사상입니다.

　지구경영이라는 말도 굉장히 커 보이지만 자기가 잘 살고 잘 죽겠다는 뜻만 있으면 이해 못 할 게 없습니다. 앞으로 해야 할 일이 많아요. 교수님도 많이 도와주시길 바랍니다. 지구경영에 대한 토론이나 세미나도 많이 하고, 사람들의 머릿속 정보를 정화하는 뇌교육에 대한 연구도 많이 해야 합니다. 이런 것을 하다 보면 세상이 점점 더 좋아지지 않겠습니까?

임마누엘 페스트라이쉬　　　네, 저도 전체가 좋은 방향으로 갈 수 있도록 열심히 돕겠습니다.

사회　　　오늘 바쁘신 두 분을 모시고 '한국의 홍익정신과 지구의 미래'에 대해 귀한 말씀을 들었습니다. 서로 이력이 다른 두 분이라 여쭙고 싶은 것이 아직 많은데 시간의 한계로 대담은 여기서 마무리해야 할 것 같습니다. 그래도 이런 자리가 마련되어 지구 환경과 한국의 정신문화에 대해서 그리고 지구경영과 뇌교육에 대해서 다시 한번 생각해보는 계기가 되었습니다. 두 분께 진심으로 감사드립니다.

1억 지구시민의
탄생을 위하여

나는 사람이 품는 꿈의 힘을 믿습니다. 아름답고 위대한 꿈은 사람을 아름답고 위대하게 만듭니다. 개인에게 꿈이 있고 기업에게 꿈이 있듯이, 나라에도 꿈이 있어야 하고 인류에게도 꿈이 있어야 합니다. 꿈은 방황을 모험이 되게 하고, 무기력을 열정으로 바꾸고, 흩어진 마음을 하나로 모이게 합니다.

지구인 모두 뜨거운 가슴으로 뉴밀레니엄을 맞이한 지 16년이 되었습니다. 그러나 우리가 사는 세상은 희망과 행복에서 점점 멀어지고 있습니다. 지금 한국사회는 혼란스럽습니다. 세계 또한 마찬가지입니다. 국경을 둘러싼 군사적 갈등, 경제적인 분쟁, 날로 심각해져가는 환경문제 등으로 대립과 불안감이 깊어가고 새로운 비전과 희망은 찾아보기 힘듭니다.

이러한 시대에 참다운 리더 역할을 하는 국가가 보이지 않습니다. 인류가 어떻게 나아가야 할지를 나라의 운영과 국민의 삶으로 보여주는 진정한 모범국가가 없습니다. 강대국은 있으나 지구와 인류 전체의 평화와 행복을 자신의 일로 여기며 고민하는 진정한 대국이 없습니다. 다른 나라보다 조금이라도 더 잘 살기 위해서 흥정을 하고 다투느라 바쁠 뿐 인류를 위한 큰 꿈을 꾸는 나라가 없습니다.

새로운 희망을 어디에서 찾아야 합니까? 누가 인류에게 새로운 비전을 제시해줄 수 있을까요? 나는 지금 인류에게 절실히 필요한 그 책임과 역할을 기꺼이 우리가 하자고, 당신과 나를 포함하여 대한민국의 국민이 함께 하자고 제안합니다. 그것이 곧 우리나라를 살리는 지름길이기도 하다고 믿습니다.

우리나라는 해방 이후 우리도 한번 잘 살아보자는 의지로 경제발전과 도약을 이루었지만 중요한 것을 잃었습니다. 민족의 큰 꿈과 비전을 잃어버린 채 외형적인 부를 좇아 정신 없이 하루하루 살기에 바빴습니다.

한국은 몇 안 되는 분단국가 중의 하나입니다. 독일은 장기적인 안목으로 많은 희생을 감수하면서 통일을 이루었지만 우리의 통일은 아직 힘들고 요원하게 느껴집니다. 더욱 안타까운 것은 통일에 대한 국민들의 의지가 매우 약하다는 것입니다. 통일에 대한 논의나 대화, 교육이 없다 보니 이제는 통일 이야기를 꺼내는 것 자체가 어색하게 느껴집니다.

경제력이나 국방력만으로 지금 이 시대의 인류에게 희망이 되기는 어렵습니다. 진정으로 다른 나라에 모범이 되고 영감을 주고자 한다면 우리에게 철학과 비전이 있어야 하고, 그것을 구체적인 삶의 모습으로 보여주며 지구와 인류에 실질적인 공헌을 해야 합니다.

사람에게는 자기만 잘 사는 것이 아니라 다른 사람을 보살피고 도움을 주며 모두를 행복하게 하려는 마음이 있습니다. 우리 선조들은 그러한 마음을 '홍익'이라 부르며 가치있게 여겼고, 홍익인간이 되어 조화로운 세상을 만들어보자는 크고 높은 뜻으로 나라를 세웠습니다.

한국이 인류의 모범국가가 되는 가장 빠른 길은 우리나라를 세운 위대한 뜻과 정신을 회복하는 것입니다. 우리의 핏줄과 역사에 흐르는 홍익의 정신과 문화를 깨워 오늘 우리의 삶 속에 다시 힘차게 흐르도록 해야 합니다. 홍익이 없는 리더십, 홍익이 없는 경제력이나 국방력, 홍익이 없는 과학, 교육, 종교, 예술과 문화는 모래로 쌓은 성과 같습니다. 그 성이 아무리 커도 개인과 집단의 이기주의라는 파도가 지나가면 한번에 휩쓸려 갑니다.

이제 한국은 홍익의 정신을 바탕으로 큰 꿈을 갖고 새롭게 일어나야 합니다. 홍익의 정신은 단지 국익을 보호하는 차원을 넘어, 지구와 인류에 무한책임을 느끼는 큰 정신과 운동으로 발전해야 합니다. 자신을 한 나라의 국민으로만 여기지 않고 지구공동체의 일원임을 자각한 지구시민들이 지구사랑 인류사랑을 실천하는 '지구시민운동'을 확산시켜 나가야 합니다.

지구시민운동은 모든 사람 안에 있는 홍익의 정신을 일깨우는 운동입니다. 자연치유력을 회복하여 스스로 건강과 행복을 창조하고, 인간이 가진 아름답고 고귀한 자질들을 실현하며 살자는 운동입니다. 자신의 꿈과 가치를 찾고, 경쟁으로 성취하는 외적 성장보다 조화와 내면적 가치를 추구하여 지속가능한 지구를 만들자는 운동입니다. 이러한 운동이 개인과 가정, 학교, 직장, 사회 전역에서 일어나야 합니다. 2020년까지 지구시민정

신을 가진 사람 1억 명이 지구시민운동에 동참한다면 갈림길에
선 인류의 문명을 파괴가 아닌 희망으로 전환할 수 있습니다.

　나는 방황하며 젊은 시절을 보내다가 목숨을 건 수행 끝에
나의 진정한 가치는 홍익인간의 삶을 사는 데에 있다는 것을
깨달았습니다. 어떻게 하면 홍익인간의 정신을 많은 사람들에
게 전달할 수 있을까 고민했습니다. 가장 빠른 길은 교육이고,
교육을 하기 위해서는 학교가 필요하다는 생각을 했지만 당시
내게는 아무런 기반도 없었습니다. 돈도, 지식도, 사회적 지위
도, 함께할 사람도 없었습니다. 학교 설립에 필요한 정부의 인가
를 받을 만한 자격증도 없었습니다.

　그래서 나는 아침 일찍 공원에 가서 사람들을 만나기 시작
했고, 정부의 인가를 받지 않아도 되는 공원 무료 수련지도를
시작했습니다. 당시의 수련지도가 발전해서 단학이라는 심신수
련법으로 정립되었고 5년 후에는 첫 단학선원이 생겼습니다. 단
학은 그 후 과학화, 학문화 과정을 거쳐서 뇌교육으로 발전했
고, 지구시민 리더를 양성하기 위한 대학과 대학원이 설립되었
습니다. 내가 공원에서 시작했던 운동은 국가에서 공인하는 국
민생활체육인 국학기공으로 발전했습니다. 또한 최근에는 홍익

의 정신을 전세계의 젊은이들에게 알리기 위해 '화이트홀'이라는 인터넷 미디어를 지원하고 있습니다.

20여 년 전부터는 홍익정신을 전세계와 공유하기 위해 미국에서 활동을 시작했으며, 국제뇌교육협회를 통해 유엔과 협력하며 다양한 국제활동을 하고 있습니다. 지난 2000년 유엔 밀레니엄 종교 및 영성지도자 세계평화 정상회의에서 '평화의 기도'를 올릴 때, 기도문의 끝을 '홍익인간 이화세계'로 마무리하면서 느꼈던 벅찬 감동과 막중한 사명감을 아직도 생생하게 기억합니다.

나는 참된 홍익인간을 양성하는 학교를 만들어야겠다는 생각으로 10년간의 준비를 거쳐 4년 전에 벤자민인성영재학교를 설립했습니다. 이 학교의 이름은 미국 건국의 아버지 중의 한 명인 벤자민 플랭클린에서 딴 것입니다. 그는 삶의 목표를 인격 완성에 두고 평생 홍익을 실천하며 산 모범적인 인물입니다.

벤자민인성영재학교에는 학교 건물, 교과목을 가르치는 선생님, 교과 수업, 시험, 성적표, 다섯 가지가 없습니다. 대신 각계 각층의 멘토단 1천여 명을 가진 1년제 대안학교입니다. 학생들이 1년 안에 자기가 반드시 해보고 싶은 도전적인 프로젝트를 하나 정해서 그것을 완성하는 것이 이 학교의 핵심 과정입니다. 이 과정에서 주눅들었던 아이들이 자신의 가치와 자신감을 회복하면서 어깨가 펴지고, 자기밖에 모르던 아이들이 다른 사람들을 배려하고 보살피는 모습으로 성장합니다. 아이들이 이렇게 변해가는 모습을 볼 때마다 나는 인류에게 정말 희망이 있다는 것을 느낍니다.

단 한 명의 학생이 씨앗이 되어 문을 연 벤자민인성영재학교는 개교 첫 해에는 27명, 그 다음해에는 479명의 신입생이 들어왔습니다. 3기 신입생이 들어오는 올해에는 1천 명을 예상하고 있습니다. 처음에는 시험도 숙제도 없는 이 학교를 의아하게 바라보던 사람들이 많았지만, 이제 벤자민인성영재학교는 대한민국 교육계의 희망으로 떠오르며 주목을 받고 있습니다.

홍익의 정신을 가진 사람이 많아지는 것이 대한민국에 희망을 창조하는 길입니다. 그리고 이것이 인류의 새로운 희망을 준비하는 길입니다. 정신은 정신으로 끝나지 않습니다. 정신이 모이면 기氣가 되고 물질이 되듯이, 진정으로 나라와 인류의 미래를 염려하는 마음이 모이면 우리는 정말로 위대한 일을 할 수 있습니다. 이러한 우리의 노력은 새로운 정신문명의 창조로 이

어질 것입니다.

지구에 있는 모든 학교가 지구시민을 양성하고, 모든 가정이 지구시민을 키우고, 모든 직장과 사회단체, 국가와 유엔 그리고 모든 학문의 목표가 아름다운 지구 환경과 인간성의 회복, 인류 평화를 지향해야 합니다. 개인적이고 이기적인 의식을 넘어, 인간과 세상에 도움이 되는 지구시민을 양성하는 위대하고 아름다운 의식의 혁명이 지금부터 일어난다면, 이것은 인류역사의 진보를 이룰 큰 기적이 될 것입니다. 대한민국과 인류의 미래를 위해 많은 사람들이 이 일에 동참하기를 진심으로 바랍니다. 그리하여 5년 후인 2020년에는 새로운 대한민국의 모습, 새로운 지구촌의 모습을 창조할 수 있기를 바랍니다.

2016년 2월 일지 이승헌

평화의 기도

"세계적인 종교 및 정신 지도자들이 함께한 자리에서,
이 시대의 마지막 분단국인 한국인의 한 사람으로서
평화를 위한 기도를 드리게 된 것을 무척 의미있고 기
쁘게 생각합니다."

나는 이 평화의 기도를

기독교의 신에게 드리는 것도 아니요

불교의 신에게 드리는 것도 아니요

이슬람교의 신에게 드리는 것도 아니요

유태교의 신에게 드리는 것도 아닙니다

모든 인류의 신에게 드립니다

우리가 기원하는 평화는

기독교인만의 평화나

불교인만의 평화나

이슬람교인만의 평화나

유태교인만의 평화가 아니라

우리 모두를 위한

인류의 평화이기 때문입니다

나는 이 평화의 기도를

우리들 모두 안에 살아계신 하느님,

우리를 기쁨과 행복으로 충만하게 하시고

우리를 온전케 하시며

우리로 하여금 삶이 모든 인류를 위한

사랑의 표현임을 이해하게 하시는

하느님께 드립니다

어떤 종교도 다른 종교보다

더 우월하지 않으며

어떤 진리도 다른 진리보다

더 진실되지 않으며

어떤 국가도 지구보다 크지는

않기 때문입니다

우리로 하여금 우리의 작은 한계를 벗어나도록,

그리하여 우리의 뿌리가 지구임을

우리가 인도인이나 한국인이나 미국인이기 전에

지구인임을 깨닫도록 도와주소서

신은 지구를 만드셨지만

그것을 번영토록 하는 것은 우리의 일입니다

이를 위해 우리는

우리가 어떤 나라의 국민이거나

어떤 인종이거나 종교인이기 전에

지구인임을 깨달아야 하며

우리가 우리의 영적인 유산 속에서

진정으로 하나임을 알아야 합니다

이제 종교의 이름으로 가해진

모든 상처들에 대해 인류 앞에 사죄함으로써

그 상처를 치유합시다

이제 모든 이기주의와 경쟁에서 벗어날 것을

그래서 신 안에서 하나로 만날 것을

서로에게 약속합시다

나는 이 평화의 기도를

전능하신 신께 드립니다

우리가 우리 안에서 당신을 발견하게 하시고

그리하여 언젠가 당신 앞에

하나의 인류로서 자랑스럽게 설 수 있게 하소서

나는 이 평화의 기도를

모든 지구인들과 함께

지구의 영원한 평화를 위해 드립니다

홍익인간 이화세계

2000년 8월 유엔에서 열린 세계정신지도자회의 첫날, 개막식과 함께 '세계
평화를 위한 기도의 날'이라는 주제로 명상과 기도의 시간을 가졌다. 이 기
도문은 아시아의 정신 지도자들을 대표해 올린 평화의 기도이다.

지구시민선언문

Earth Citizens Declaration

1. 나는 꿈과 가치를 찾고 인성을 회복한 사람으로서 모든 인간
   과 생명을 존중하고 사랑할 것을 선언합니다.

   I declare that I will respect and love all humans and
   all life as someone who has discovered dreams and
   values and who has recovered character.

2. 나는 모든 인류의 행복과 아름다운 세상을 실현하기 위해
   지구에 온 지구시민임을 선언합니다.

   I declare that I am an Earth Citizen who has come to
   the earth to create the happiness of all people and a
   beautiful world.

3. 나는 국가와 민족, 인종과 종교를 초월하여 모든 인류가 한 가족처럼 살아가는 지구촌을 위해 지구경영의 시대를 열어갈 것을 선언합니다.

I declare that I will usher in an era of Earth Management to create a global village in which all people live as one family, transcending countries, ethnicities, and religions.

4. 나는 무한경쟁을 부르는 물질중심의 가치관을 극복하고 널리 세상을 이롭게 하는 홍익정신을 지구경영의 중심철학으로 세울 것을 선언합니다.

I declare that I will establish as the central philosophy of Earth Management the Hongik Spirit, which overcomes the materialistic values of unlimited competition to seek the good of the earth and humanity.

5. 나는 인간의 본성이 홍익임을 깨달은 지구시민으로서, 인류가 인성을 회복하고 뇌를 창조적으로 활용할 수 있도록 뇌교육을 널리 알릴 것을 선언합니다.

As an Earth Citizen who has realized that the true nature of humanity is Hongik, I declare that I will spread Brain Education far and wide, enabling humanity to recover character and use the brain creatively.

6. 나는 모든 학문과 제도가 지구와 인간을 위해 공헌할 수 있도록 융합적인 사고로 판단하고 활용할 것을 선언합니다.

I declare that I will use convergence thinking in all my judgments and applications of knowledge, enabling all systems and institutions of learning to contribute to the earth and humanity.

7. 나는 지구가 본래의 아름다움과 생명력을 회복하도록 지구
   생태계의 보호와 복원을 위해 노력할 것을 선언합니다.
   I declare that I will work to protect and restore the
   global ecosystem, enabling the earth to recover its
   original beauty and vitality.

8. 나는 끊임없는 자기계발과 홍익생활로 인격을 완성하고 리더
   십을 함양하여 지구경영자로 성장할 것을 선언합니다.
   I declare that I will grow as an Earth Manager,
   completing my character and cultivating my leader-
   ship through continuous self-development and
   Hongik living.

9. 나는 인류의식의 진화와 새로운 지구문명시대의 도래를 위
   해 1억 명의 지구시민을 양성하는 일에 적극적으로 동참할
   것을 선언합니다.

I declare that I will actively engage in developing 100 million Earth Citizens in order to contribute to the evolution of human consciousness and the advent of a new era of spiritual civilization.

10. 나는 인류와 지구의 평화를 꿈꾸는 모든 지구시민과 연대하여 조화와 상생의 문화를 창조하는 지구시민운동을 적극적으로 전개할 것을 선언합니다.

I declare that I will actively engage in an Earth Citizens movement for creating a culture of harmony and positive reciprocity in unity with all Earth Citizens who dream of peace for humankind and the earth.